O último livro

Zoran Živković

O último livro

Tradução
João Cruz

OCTAVO

São Paulo 2012

O último livro
Zoran Živković

Edição brasileira publicada mediante acordo com Eulama International Literacy Agency, Roma, Italy.

Título original
Poslednja Knjiga

Tradução
João Cruz

Capa
Casa de Ideias

Imagem da capa
Datacraft Co. Ltd./Getty Images

Preparação
Bia Nunes de Sousa

Revisão
Patricia Weiss
Rosana de Angelo

Projeto gráfico e editoração eletrônica
Ida Gouveia / Oficina das Letras®

Grafia atualizada conforme o Novo Acordo Ortográfico da Língua Portuguesa.

Dados Internacionais de Catalogação na Publicação (CIP)
Câmara Brasileira do Livro, SP, Brasil

Živković, Zoran
O último livro / Zoran Živković ; tradução João Cruz. -- São Paulo : Octavo, 2012.

Título original: Poslednja Knjiga.
ISBN 978-85-63739-24-7

1. Ficção sérvia I. Título.

12-04193 CDD-891.823

Índices para catálogo sistemático: 1. Ficção : Literatura sérvia 891.823

[2012]

Editora Octavo Ltda.
Rua dos Franceses, 117
01329-010 São Paulo SP
Telefone (11) 3262 3996
www.octavo.com.br

1

Nada naquela morte fazia crer que tivesse sido causada por um ato violento, portanto não havia indícios que justificassem a abertura de uma investigação. Mas a proprietária da livraria Papyrus entrou em pânico. Era a primeira vez que alguém perdia a vida na sua loja. Telefonou em primeiro lugar para a polícia e logo a seguir chamou uma ambulância.

Cheguei ao mesmo tempo que a ambulância. Afastei-me para um dos lados da loja e, enquanto o médico fazia o seu trabalho, dei uma olhada ao redor. Nunca tinha estado ali antes. Pelos detalhes, notava-se que aquele lugar tinha personalidade. Os vasos com plantas estavam bem cuidados, as peças decorativas que se encontravam sobre a moldura da pequena lareira estavam agradavelmente arrumadas e não havia vestígios do pó que normalmente se associa aos livros.

– Não há nada para o senhor aqui, inspetor Lukić – disse o médico, enquanto retirava as luvas de látex. – Foi morte natural. Muito provavelmente de parada cardíaca. Saberemos mais pormenores depois da autópsia. Independentemente do que possa ter sido, parece que foi enquanto dormia. Resta por isso invejá-lo. – Soltou um discreto risinho entredentes. – Nunca vai sequer saber que morreu.

– Qual foi a hora da morte?

– Algo entre as cinco e as seis. Há pelo menos duas horas o velho senhor está aqui sentado, morto, e ninguém percebeu nada. Vivemos num mundo impiedoso.

– É o que parece – disse eu, afastando-me para o lado, de maneira a permitir a passagem dos paramédicos, que transportavam o corpo numa maca sob um lençol verde.

O médico acenou com a cabeça.

– Até a próxima, inspetor, quando as circunstâncias forem mais emocionantes.

Assim que ficamos os dois sozinhos, aproximei-me da proprietária. Era uma mulher esbelta, com um longo cabelo ruivo e rosto sardento. Tinha um ar muito jovem, mas devia ter perto de trinta e cinco anos. Vestia um *tailleur* de *tweed* azul-escuro que combinava com a blusa de um tom mais claro. Os óculos de lentes estreitas, próprios para leitura, estavam suspensos num cordão colocado à volta do pescoço. Permanecia em frente à caixa registradora, sem saber o que fazer com as mãos, o que acontece frequentemente às pessoas que não conseguem esconder a ansiedade.

Estendi-lhe minha mão numa tentativa de afastá-la do seu dilema, nem que fosse por alguns instantes.

– Inspetor Dejan Lukić. Boa noite, senhora.

– Já tive melhores noites. Vera Gavrilović, proprietária da livraria Papyrus. – Fez uma pausa e depois acrescentou quase relutantemente: – Senhorita...

– Não quer se sentar? – perguntei.

– Não, obrigada. Estou bem assim.

– Alguma vez já tinha visto uma pessoa morta?

Por uns breves momentos ela olhou para mim em silêncio, depois balançou levemente a cabeça.

– A primeira vez é sempre um choque. Especialmente se o falecido não for uma pessoa estranha. Conhecia-o?

– Não me lembro de tê-lo visto anteriormente. Mas aqui entra muita gente. É impossível lembrar-me de todo mundo.

– Se lhe serve de consolo, também não se torna mais fácil mesmo para quem já está habituado a ver mortos.

– Não me parece que algum dia eu venha a me habituar a uma coisa dessas.

– Eu apostaria seguramente nisso. Uma livraria é o último lugar onde se espera encontrar um cadáver. Este é o primeiro caso de que tenho conhecimento.

– Vamos esperar que assim seja.

– Importa-se de me contar o que se passou?

Ela respirou fundo antes de começar.

– Um pouco antes das oito horas, como faço todas as noites, anunciei que a loja estava para fechar. Alguns clientes se dirigiram ao caixa para pagar os livros que queriam levar, enquanto os restantes saíram. Só quando o último cliente pagou e foi embora é que me dei conta de que não estava sozinha.

Ela deu meia-volta e avançou na direção de uma poltrona com o estofado desgastado, de um grosso tecido verde-escuro. Existiam mais três como aquela, colocadas nos demais cantos da livraria.

– A cabeça do velho senhor estava inclinada sobre o livro que tinha no colo. Parecia que estava lendo, mas fiquei com a impressão de que estava dormindo. Não há nada de estranho nisso. Durante o inverno, muitas pessoas vêm acima de tudo para se aquecer. Escolhem um livro, sentam-se numa poltrona e aí permanecem até a hora de fechar. A maior parte realmente lê o livro escolhido, mas alguns, particularmente os mais idosos, acabam por cochilar. Eu não me importo, desde que não ronquem.

A srta. Gavrilović encolheu os ombros, como que se desculpando.

– Aproximei-me da poltrona e disse-lhe que íamos fechar, mas ele não se mexeu. Repeti o que tinha dito anteriormente, mais alto, e foi então que coloquei a mão em seu ombro e o sacudi de leve. O corpo simplesmente tombou para o lado...

Acenei com a cabeça.

– De fato foi muito desagradável. Mas o pior já passou.

– Será?

Olhei para ela de forma inquiridora.

– O que quer dizer com isso?

– Se a notícia se espalhar, nossos clientes podem evitar vir aqui. A morte não é a melhor das publicidades para uma livraria.

– Não há qualquer motivo para que isso venha a acontecer. Foi uma morte natural e não um crime. O que aconteceu ao pobre homem poderia ter ocorrido em qualquer outro lugar. É algo que acontece quase todos os dias. Ninguém vai fazer alarde do sucedido. – Sorrindo, repeti as palavras que tinha ouvido pouco tempo antes. – Vivemos num mundo impiedoso.

A dona da livraria suspirou outra vez.

Dei mais uma olhada ao redor.

– Sua livraria é muito agradável. Preferia ter vindo sem ser a trabalho.

– Infelizmente não temos muitos livros que possam interessar a um inspetor de polícia. A maioria dos livros que vendemos é literatura séria.

– Então vende o que interessa a este inspetor de polícia.

– Mesmo?

– Sou formado em literatura.

– E foi trabalhar para a polícia?

– Fui trabalhar onde me ofereceram trabalho. O fato de ser entendido em literatura não foi um obstáculo. Muito pelo contrário, algumas vezes até me ajudou.

– Policiais? Não podem ser considerados literatura séria.

– Pensa que *Crime e castigo* ou *O nome da rosa* são literatura leve?

– Não, claro que não. Mas também nunca os classificaria como histórias de detetive.

– De qualquer maneira, são livros que podem ser lidos como tal.

– É possível. Mas é melhor não entrarmos em assuntos tão complexos como os da literatura, pelo menos por ora: este não é o momento indicado. Ficarei mais do que satisfeita de trocar opiniões com o senhor sobre essas questões numa outra ocasião. Quando não estiver de serviço.

– Com todo prazer. – Meus olhos percorreram mais uma vez as altas estantes cheias de livros. – Até logo, srta. Gavrilović.

– Até logo, inspetor.

2

Meu colega, inspetor Jovan Petronijević, levantou os olhos do jornal quando me viu entrar no gabinete.

– O dr. Dimitrijević acabou de telefonar. Queria conversar com você sobre uma autópsia que fez. Pediu para você ligar. É sobre o que está aqui no jornal, não é?

Estendeu-me o tabloide sensacionalista que costumava ler. Segurei o jornal e olhei para onde ele apontava, na parte inferior da página. O título do breve artigo era: MORTE NUMA LIVRARIA. Pelo visto, um jornalista bisbilhoteiro qualquer tinha descoberto o incidente e o considerara digno de ser noticiado, provavelmente por causa do local onde se passou. A srta. Gavrilović não ficará muito satisfeita, mesmo que o episódio seja esquecido na manhã seguinte.

– É sobre isso mesmo.

– Finalmente um caso feito sob medida para você, hein? – disse ele em tom de brincadeira.

– Literatura e livrarias não são propriamente a mesma coisa. Isso deveria ser óbvio mesmo para alguém que raramente abre um livro. – Devolvi-lhe o jornal. – De qualquer forma, não há caso nenhum. O velho morreu de causas naturais. Fui lá em vão.

– Eu não diria isso, a julgar pelo tom de voz do dr. Dimitrijević ao telefone.

Olhei-o, confuso, mas ele mergulhou novamente no jornal sem proferir mais nenhuma palavra.

Liguei para o necrotério. Uma voz feminina estridente pediu-me para aguardar um momento. Passaram-se uns três minutos até o dr. Dimitrijević atender.

– Como vai, inspetor? Desculpe tê-lo feito esperar. As coisas, afinal, não são tão simples como eu pensava na noite passada.

– Como assim?

– O velho senhor não morreu de ataque cardíaco. A propósito, chamava-se Predrag Todorović. Era professor de piano aposentado. Não há ninguém a quem comunicar a sua morte. Vivia sozinho, se não contarmos os três gatos. A mulher faleceu há alguns anos. Não tiveram filhos.

– Então qual foi a causa da morte?

Do outro lado da linha fez-se silêncio durante uns momentos.

– Nada.

Foi a minha vez de ficar em silêncio.

– Importa-se de repetir?

O médico-legista limpou a garganta antes de continuar.

– O que eu quero dizer é que não existe nenhuma razão médica para que o sr. Todorović esteja morto. Ele não teve nem um ataque cardíaco, nem uma apoplexia, nem qualquer outro problema que possa provocar morte súbita. Pelo contrário, apresentava uma forma física surpreendentemente boa para a idade. Pessoas muito mais novas poderiam perfeitamente invejar a saúde dele.

– Mas ele morreu? – E hesitei uns segundos. – Certo?

– Claro, sim. Ele está bem morto. Se não estava quando o trouxemos, duvido muito que tivesse sobrevivido à autópsia.

Franzi a testa. O senso de humor cínico do dr. Dimitrijević ficava muito longe dos meus padrões. Talvez, dada a natureza do seu trabalho, ele não conseguisse evitar.

– Então como explica o que aconteceu?

– Não existe uma explicação simples.

– Isso quer dizer que existe uma complicada? Normalmente as pessoas não morrem sem uma razão. Alguma coisa deve tê-la causado.

– Se eu der asas à minha imaginação, talvez seja capaz de arranjar uma explicação complicada. Mas vai ser tão absurda que até hesito mencioná-la.

– Por favor, não hesite. Os devaneios fazem com que o mundo continue a girar.

Ele conteve uma risada.

– Pensava que fosse o dinheiro.

– O dinheiro também, claro. Sou todo ouvidos.

– Existe um certo tipo de substância química que pode causar a morte de uma pessoa sem deixar qualquer rastro. O efeito para quem a toma é apenas deixar de viver. Simplesmente bate as botas, por assim dizer, exatamente como aconteceu com o sr. Todorović. Aparentemente sem qualquer razão. É claro que, no meu trabalho, nunca me deparei com um caso semelhante: o que sei sobre o assunto li na literatura especializada.

– Uma substância química?

– Sim. Daquelas que só podem ser fabricadas num laboratório bem equipado. Graças a Deus, não é possível fazê-las em casa.

– Mas por que é que são fabricadas? Quem poderia precisar delas?

– Bem, em relação a isso, terá de perguntar à Agência de Segurança Nacional. Eu não passo de um simples legista.

Seguiu-se um novo período de silêncio.

– A Agência de Segurança Nacional recorreu a substâncias letais com o propósito de despachar um professor de piano aposentado que tinha três gatos e que estava de passagem por uma livraria para se aquecer?

– Eu o avisei de que a explicação seria absurda.

– Vai se referir a isso na certidão de óbito, como sendo a causa da morte?

– É obvio que não.

– Então, o que é que vai colocar?

– Aquilo de que tenho certeza. Que a causa da morte é desconhecida.

– E vai ser suficiente?

– Sim, vai. A não ser que...

– A não ser quê?

– A não ser que surja em breve outro caso de morte sem causa aparente.

3

Quando entrei na Papyrus, eram aproximadamente quinze para as oito. Apesar de ser quase hora de fechar, ainda havia na loja uma dúzia de clientes. A maior parte encontrava-se diante das prateleiras, apreciando os títulos nas lombadas ou folheando algum livro. Três das poltronas estavam ocupadas. Observei as pessoas que estavam sentadas nelas. Nenhuma parecia dormir. A srta. Gavrilović estava no caixa, junto ao qual dois clientes aguardavam a vez de ser atendidos.

Aproximei-me da estante mais próxima, tirei um livro ao acaso, depois dirigi-me para a única poltrona que estava livre, desabotoei o sobretudo e me sentei. Como as molas estavam bastante gastas, afundei completamente no assento. Meus joelhos ficaram na altura da cintura. Só depois de sentado é que me dei conta de que tinha sido naquele sofá que o sr. Todorović tinha morrido na noite anterior. Sem nenhuma causa aparente.

Abri o livro nas páginas centrais, mas mantive o olhar atento por cima do livro. A fila diante do caixa tinha dobrado de tamanho. Entre as pessoas que estavam sentadas nas poltronas, tentei perceber quais teriam vindo à livraria por causa dos livros e quais estariam ali apenas para se aquecer. A mulher de cabelo grisalho, que vestia um casaco cinzento e uma boina combinando, devia enxergar muito mal. Aproximara de tal forma um volume de lombada estreita dos olhos que este lhe ocultava o rosto. O cavalheiro que vestia um casaco xadrez e segurava um cachimbo apagado folheava um livro cheio de ilustrações. O jovem que usava um comprido cachecol vermelho vivo e brincos ostensivos na orelha esquerda estava concentrado na página que tinha à frente.

Um pouco antes das oito, quando a srta. Gavrilović anunciou num tom de voz um pouco mais elevado que estavam prestes a fechar, o cavalheiro do cachimbo e o jovem levantaram-se de imediato. O jovem dirigiu-se ao caixa, enquanto o cavalheiro mais velho, com algum esforço, voltou a colocar o pesado volume na prateleira mais alta da estante mais próxima. Depois, foi buscar o casaco que estava pendurado no cabideiro junto à entrada e saiu logo a seguir.

A senhora de cabelo grisalho só abaixou o livro que estava lendo quando a fila junto ao caixa terminou. Colocou o volume dentro da grande mala de mão que estava no colo e dirigiu-se em passos lentos para a porta, caminhando com a relutância de quem não queria trocar a luminosidade e o calor da livraria pela escuridão das ruas ventosas de novembro.

Fracassei lamentavelmente outra vez. Ela me parecera a menos suspeita. Tinha certeza de que o jovem estava com segundas intenções e, no fim das contas, ele foi o único a comprar um livro. É o que acontece quando deixamos nossos preconceitos levarem a melhor. Pessoalmente, nunca seria capaz de usar brincos, mas um bom inspetor de polícia não pode se deixar enganar por suas preferências pessoais.

Quando a campainha que estava por cima da porta parou de tocar após a saída da velha senhora, virei-me para a dona da loja. Ela sorriu e avançou em minha direção. Levantei-me e apertei-lhe a mão que me estendeu.

– Boa noite, inspetor.

– Boa noite, srta. Gavrilović. Espero que a cliente que acabou de sair tenha pago o livro que levou com ela.

– Ela não conseguiu passar despercebida pelo senhor? Claro que não. Um bom inspetor tem de ter um excelente olho.

– Devia ter intervindo?

– Pensei que seu trabalho se restringisse à investigação de crimes mais sérios, e não à de pequenos furtos.

– Tratar de pequenos furtos é uma boa maneira de me manter em forma durante os intervalos entre os crimes sérios.

– Se tivesse intervindo estaria enganado. Não houve qualquer roubo. Ela comprou aquela coleção de poemas de amor há bastante tempo e, ao fazê-lo, ganhou o direito de vir aqui para fazer suas leituras. Visita-nos com regularidade, às quintas-feiras à tarde. Senta-se sempre na mesma poltrona. Se por acaso estiver ocupada, ela fica ao lado, com uma paciência inabalável, até que fique livre.

– A Papyrus parece atrair personagens únicas.

– Ela está entre as mais moderadas. Temos clientes consideravelmente mais excêntricos. Quer saber como os chamamos? Cá entre nós, evidentemente.

– Como?

Ela sorriu de novo, desta vez com uma ponta de desconforto.

– Pacientes.

– Presumo que mereçam essa designação.

– Julgue o senhor mesmo. Temos outro cliente que vem sempre aqui, pelo menos uma vez por semana, e compra sempre o mesmo livro. Leva todos os exemplares que estiverem à mão. Isso se repete há mais de um ano.

Já devemos ter vendido pelo menos cento e cinquenta exemplares.

– Talvez seja o autor.

Ela riu retumbantemente.

– Isso não me passou pela cabeça. Mas por que motivo um escritor privaria os leitores da oportunidade de comprar o seu livro?

– Ah, consigo imaginar pelo menos dois motivos. Talvez por não estar satisfeito com o que escreveu. Ou então, pelo contrário, por estar tão satisfeito com o seu trabalho que acha que mais ninguém é merecedor de ler o que escreveu.

– Essa seria a forma mais elevada de egoísmo.

– São poucos os escritores que podem se gabar de modéstia.

– Ainda estou para conhecer algum. E conheço muitos.

– Por que não lhe pergunta simplesmente se o livro que costuma comprar é o livro que ele próprio escreveu?

– Porque a vida nem sempre é assim tão simples. A discrição está em primeiro lugar aqui na Papyrus. Não questionamos as motivações dos nossos clientes, embora de vez em quando eu morra de curiosidade para saber quais são. Por exemplo, adoraria entrar na cabeça da senhora que costuma passar horas à frente da mesma estante reorganizando os livros. Tenta fazer isso da maneira mais insuspeita, esperando pelos momentos em que julga que não estou olhando.

– Reorganizando?

– Sim. Nós arrumamos os livros segundo os títulos. A princípio pensei que ela preferisse que os livros fossem organizados segundo o autor. Mas estava enganada. Durante algum tempo tentei encontrar um padrão na forma como ela os organizava, mas sem sucesso. Ou eu não sou suficientemente esperta, ou então não é possível estabelecer qualquer padrão.

– Por que não pede a ela para não alterar a organização dos livros?

– Porque se fizesse isso perderíamos uma boa cliente. Depois de dar vazão aos seus impulsos de reorganizar os livros, ela sempre compra vários. E, na maioria das vezes, volumes caros. É uma compensação mais do que suficiente para a desordem que deixa quando vai embora.

– Talvez eu deva dar uma olhada à desordem que ela faz.

Ela me lançou um olhar de censura.

– Para mostrar que é mais inteligente do que eu?

Com aquela observação, ela me desconcertou.

– Claro que não. Só pensei que...

– Bem, pode ser – disse ela, interrompendo o meu balbuciar. – Da próxima vez que ela vier, eu telefono ao senhor. Assim ficaremos sabendo até onde vai a sua inteligência. Talvez fique desapontado quanto às suas aptidões de detetive, mas, pelo menos, não será o único a procurar significados ocultos nesta livraria.

– Não me diga...

– Um dos pacientes da livraria é um velho professor de matemática. Ele também nos visita com frequência, mas nunca faz nada às escondidas. Pediu-me educadamente que o autorizasse a desenvolver uma espécie de pesquisa. Uma vez tentou me explicar do que se tratava, mas a matemática nunca foi meu forte. Até mesmo a noção de hipotenusa é demais para mim.

– Eu gosto de números.

– E no entanto estudou literatura.

– Estão mais relacionados do que pode parecer à primeira vista.

– Certamente o professor concordaria com o senhor. O livro de anotações dele está cheio de números e símbolos. Ele retira os livros das prateleiras de acordo com uma espécie de código, folheia-os até encontrar o que procura, tira do bolso uma calculadora e digita os números. Depois de anotar os resultados, passa para o livro seguinte. Durante horas a fio. É uma autêntica obsessão.

– Quando termina a pesquisa, ele compra algum dos livros?

– Não. Mas na verdade isso não importa. Sou benevolente com ele, por ser tão simpático. É como se fosse a mascote da Papyrus. Os clientes ficam olhando, porque ele é parecido com o Einstein: estatura baixa, cabelos grisalhos desgrenhados, bigode farto. E é encantadoramente distraído. Às vezes os cadarços dos sapatos estão desamarrados, ou abotoou o casaco de forma errada. Uma vez veio de pantufas. E estava nevando.

– Mascotes são sempre úteis.

– É verdade. Mas não podemos olhar para as coisas apenas pela sua utilidade. À primeira vista poderíamos pensar que tiramos proveito de um paciente que é exatamente o oposto de um ladrão. Mas ele provoca as maiores dores de cabeça.

– O oposto de um ladrão?

– É verdade. Ele não rouba livros; ele os traz para a loja. Mesmo quando estamos de olho nele, sempre consegue colocar sorrateiramente um dos seus próprios livros na prateleira.

– Mas por que é que ele faz isso?

– Não faço ideia. No início pensávamos que ele queria se livrar de alguns livros sem valor e que essa seria uma solução preferível a jogá-los fora. Mas alguns dos livros que ele deixou aqui são edições verdadeiramente valiosas. Quando tentamos devolvê-los, argumentou que não eram seus e ficou furioso conosco. Claro que não podemos vendê-los, porque não os compramos legalmente. Desde então, sempre que ele vem, temos de procurar o que ele esconde e, consequentemente, perdemos um tempo enorme.

Percorri a livraria vazia com o olhar.

– As aparências podem realmente enganar. Este local me parecia inofensivo quando entrei ontem pela primeira vez.

– A Papyrus não é uma exceção. Todas as livrarias têm os seus pacientes. Mas, independentemente da excentricidade deles, são basicamente inofensivos. Não precisava voltar aqui mais uma vez a serviço.

– E o que faz a senhorita pensar que estou aqui a serviço?

– Porque uma pessoa como o senhor não entra numa livraria pouco antes da hora de fechar se não for a serviço. A não ser que tenha vindo por causa desse livro, mas duvido.

Ela apontou para o livro que eu segurava.

Com um olhar contrito, dirigi-me para a prateleira e coloquei o livro no lugar de onde havia tirado.

– Quis verificar se o artigo de jornal que noticiou o incidente da noite passada tinha causado grandes transtornos à senhorita.

– Oh, não, nada disso. Contrariamente às minhas expectativas, tivemos consideravelmente mais visitantes do que é habitual. O mundo em que vivemos não é apenas cruel, também é depravado. Afinal, a morte parece ser a melhor publicidade. Um cínico poderia querer que as coisas continuassem assim.

Dei uma olhada no relógio.

– São quase oito e meia. Desculpe-me por ter tomado seu tempo. Só mais uma coisa. Lembra-se de ter notado algo fora do normal em relação ao senhor que morreu aqui ontem à noite?

– Algo fora do normal?

– Alguém se aproximou dele, ou alguém falou com ele?

Ela pensou um pouco.

– Não, pelo menos que eu me lembre. Mas eu já havia dito que não prestei qualquer atenção nele. Alguma coisa pode ter passado despercebida. Por que me pergunta isso? Existe algo suspeito em relação à sua morte?

– Não, claro que não. Nada suspeito. Está tudo esclarecido. Foi apenas uma pergunta de rotina.

Ela me sondou com o olhar durante uns momentos, mas não disse nada.

– Boa noite, srta. Gavrilović. Prometo que da próxima vez que vier, definitivamente não estarei a serviço.

– Eu adoraria. Gosto de conversar com o senhor. Embora eu tenha falado durante a maior parte da conversa. O inspetor realmente sabe fazer com que uma pessoa se abra.

– Que tipo de investigador de polícia eu seria se não fosse capaz disso?

– Boa noite, senhor inspetor.

4

Quando o celular tocou, eu dirigia vagarosamente, com ambas as mãos no volante, abrindo caminho através do trânsito matinal. Tocou cinco vezes antes de eu conseguir atender.

– Dejan, é o Jovan. A srta. Gavrilović, da livraria Papyrus, acabou de telefonar. Pediu para você ligar para ela com urgência. Parece que surgiram novos problemas por lá. Deu o número do celular. Sabe qual é?

– Como é que eu poderia saber?

– Estava só perguntando. Podia ter anotado.

– Não tinha qualquer motivo para isso. Pensei que o caso estivesse encerrado.

– Mesmo que estivesse, e claramente não está, eu certamente teria pedido o número do telefone de uma mulher com uma voz daquelas.

– Perderia o seu tempo. Um indivíduo que se orgulha de não ler quaisquer livros nunca poderia impressionar uma mulher com uma voz como aquela.

– Desde quando conhecer literatura tem alguma coisa a ver com o assunto?

– Desde sempre. Você é que nunca percebeu. Dá o número.

Depois de anotar, desliguei o celular, parei o carro num lugar disponível em plena curva e desliguei o motor. Não gosto de falar ao telefone enquanto dirijo.

Ela atendeu a chamada logo ao primeiro toque.

– Alô?

– Srta. Gavrilović? Aqui é o inspetor Dejan Lukić.

– Obrigada por ter telefonado tão rápido.

– O que aconteceu?

– Acho que vamos ter de nos encontrar novamente por motivos profissionais. Houve mais uma morte na Papyrus.

Como demorei a responder, ela perguntou:

– Ainda está aí?

– Sim, desculpe. Diga-me o que aconteceu.

– Não tenho muitas informações. Minha colega, que trabalha no turno da manhã, telefonou há cerca de dez minutos. Estava muito perturbada. A única coisa que conseguiu dizer foi que alguém tinha morrido, mas teve de desligar logo porque a ambulância tinha acabado de chegar.

– Estarei lá em dez minutos. E a senhorita?

– Eu já estou no carro. Se não ficar presa no trânsito, chegarei à loja ao mesmo tempo que o senhor.

Tirei a luz de emergência do porta-luvas e coloquei-a na capota do carro. Uma chuva gelada ensopou por completo a manga do meu casaco. Liguei a luz, mas não a sirene. O barulho me dá nos nervos.

Apesar da minha pressa, quando cheguei à Papyrus a srta. Gavrilović já estava lá. Tinha estacionado ao lado da ambulância e estava saindo do carro naquele instante. Levantou a gola do casaco e percorreu apressadamente a pequena distância até a porta da loja, onde ficou à minha espera.

– Como se não bastasse este tempo horrível – disse ela com desalento.

Segurei a porta para ela passar e também entrei. Os paramédicos já estavam levantando a maca. Dirigi-me à jovem médica da equipe e mostrei meu distintivo. Nunca a tinha visto antes. Era loura, de estatura baixa e roliça e usava maquiagem demais para o meu gosto.

– Inspetor Lukić – disse eu. – O que descobriu?

– Não precisava ter vindo, inspetor. Foi um ataque cardíaco comum. É o terceiro desta manhã. Hoje é um daqueles dias fatais para quem sofre do coração. Estamos tendo muito trabalho.

– Tem certeza?

Ela me fulminou com o olhar.

– Por acaso tem algum motivo para duvidar do meu diagnóstico?

– Claro que não. Desculpe.

– De qualquer maneira, poderá verificar com seus próprios olhos quando receber o relatório oficial da autópsia.

– Por favor, transmita os meus cumprimentos ao dr. Dimitrijević.

Ela olhou para mim por um breve instante sem dizer nada, depois acenou com a cabeça e seguiu atrás dos paramédicos.

Dirigi-me para o caixa, onde se encontravam a srta. Gavrilović e uma mulher que devia ser mais nova do que ela, embora parecesse mais velha. Provavelmente porque tudo nela era antiquado, desde o penteado que usava até a roupa e a postura. O cabelo era preto, cortado curto e reto, tinha os lábios finos e usava uns óculos grandes demais. Vestia *tailleur* escuro e sapatos de saltos baixos. Ao contrário da médica, parecia não usar maquiagem. Esse extremo oposto também não me agradou.

– Inspetor Lukić – disse a srta. Gavrilović –, deixe-me apresentar a srta. Olga Bogdanović. É minha sócia, somos coproprietárias da Papyrus.

– Prazer em conhecê-lo – disse a srta. Bogdanović, com um sorriso fugaz que mal alterou a seriedade que tinha estampada no rosto. Seu aperto de mão foi frouxo. – A Vera já tinha me falado sobre o senhor, inspetor. Ela admira o seu interesse pela literatura. No entanto falhou um pouco como policial. Garantiu a ela que não ocorreriam mais mortes na nossa livraria.

– Eu me enganei. A Papyrus não parece ser uma livraria típica.

– Com certeza não. Mas não me agrada nada a ideia de que os cadáveres a tornem atípica.

– Os cadáveres também podem ser úteis. Pode-se até dizer que contribuem para o negócio.

– Será que todos os inspetores de polícia têm um senso de humor tão mórbido como o seu?

– Por favor, Olga – interrompeu a srta. Gavrilović. – O inspetor Lukić não tem culpa pelo que aconteceu. Tentou nos ajudar.

– Espero que os seus problemas terminem aqui – eu disse. – Por favor, conte-me o que se passou.

A srta. Bogdanović empurrou os óculos nariz acima com o dedo médio.

– A senhora que morreu foi a primeira cliente do dia, logo depois de eu abrir a loja às dez horas. Nunca temos muito movimento pela manhã, especialmente quando chove assim.

– Já a tinha visto alguma vez?

– Acho que sim, mas não com muita frequência.

– Entrou alguém depois dela?

– Não, pelo menos até a ambulância chegar. Mas, por favor, deixe suas perguntas para o fim, depois de eu ter contado tudo. Suas interrupções me distraem.

– Muito bem. Peço desculpas.

– Ela percorreu as prateleiras por uns momentos, depois escolheu um livro e se sentou ali.

Apontou para a poltrona que se encontrava do lado direito do balcão onde estava a caixa registradora.

– Foi ali que morreu o homem duas noites atrás – disse a srta. Gavrilović.

– Pois é. Se ela soubesse, teria escolhido outro lugar.

– Talvez não fosse supersticiosa – murmurei.

– Desculpe? – disse a srta. Bogdanović. Ela não precisava franzir a sobrancelha para parecer estar de sobrancelha franzida.

– Nada. Continue, por favor.

– Ela estava concentrada na leitura e eu estava ocupada com o caixa. Às sextas-feiras temos quase toda a contabilidade para fazer. Acho que se passaram uns dez minutos até que voltei a olhar para ela. Logo percebi que estava morta.

– Tem alguma experiência em avaliar se alguém está morto?

– Não é necessária qualquer experiência quando se vê que alguém está com a cabeça tombada para trás, a boca aberta e os olhos imóveis a olhar fixamente para o teto. Foi uma visão aterradora. Fiquei toda arrepiada.

– Não ouviu nada?

– Devia ter escutado alguma coisa?

– Um ataque cardíaco normalmente é acompanhado por um estertor de morte, e não é silencioso.

– Talvez a pobre coitada não tenha morrido de ataque cardíaco.

– A médica acha que sim.

– Mas o inspetor tem dúvidas.

– Será que um simples inspetor de polícia deveria duvidar do que afirma uma especialista?

A srta. Gavrilović evitou uma vez mais que uma faísca incendiasse o ambiente entre nós.

– Ontem me esqueci de lhe fazer uma pergunta, inspetor. Ficou confirmado que a causa da morte do velho foi um ataque cardíaco?

– Todorović. Predrag Todorović. Era professor de piano aposentado.

– De certo modo era o que aparentava ser.

– Não recebi o relatório do médico que o autopsiou. – Estava mentindo apenas parcialmente. Rigorosamente falando, a conversa telefônica não fora oficial, e, de fato, ainda não tinha recebido qualquer informação por escrito. – Quando o processo não envolve crime, é sabido que costumam atrasar. Precisa compreender, estão cheios de trabalho.

– Eu nunca conseguiria ser médica-legista. – O rosto carrancudo da srta. Bogdanović deixou transparecer uma expressão de aversão.

– E eu gostava de passar meu tempo com os livros. Pensando bem, foi para isso que estudei. Mas alguém tem de fazer o trabalho sujo. E agora, nem mesmo o mundo dos livros parece estar a salvo.

A srta. Gavrilović aproximou-se da poltrona que já tinha contabilizado duas mortes.

– Pergunto-me se devíamos tirá-la daqui. Os clientes já começaram a evitá-la, e depois desta segunda morte, não creio que alguém volte a se sentar nela.

– Como é que descobriram que o sr. Todorović também morreu sentado ali? – perguntei, ao mesmo tempo que me juntava a ela.

– Ah... Devo ter comentado com alguém. Não me lembro. De qualquer maneira, os boatos se espalham rapidamente. Ontem a poltrona esteve vazia durante todo o meu turno. E durante o seu, Olga?

A srta. Bogdanović permanecera junto ao caixa.

– Acho que aconteceu a mesma coisa. Não prestei muita atenção.

Olhei para a srta. Gavrilović.

– Não esteve o tempo todo vazia.

– Não esteve?

– Não. Não se lembra? Eu fiquei sentado nela por uns quinze minutos.

– Sim, claro. Mas eu não contei o senhor, pois não é um cliente. Estava aqui a trabalho.

– Essa excelente distinção não seria de grande ajuda se existisse algo na poltrona que pudesse causar ataques cardíacos.

Fez-se silêncio.

A srta. Bogdanović foi a primeira a quebrá-lo.

– Isso é ridículo. Como é que uma simples poltrona poderia causar ataques cardíacos?

– Não sei. No entanto, é a única coisa que liga as duas mortes repentinas.

– Então, por que o senhor também não teve um ataque cardíaco?

– Talvez a poltrona tenha me poupado graças à minha afinidade com a literatura.

A srta. Bogdanović deixou escapar um som que parecia o de um gato bufando.

– Seu comportamento me parece bastante inadequado! – disse ela, severamente. Os lábios apertados formavam uma linha estreita. – As duas almas desafortunadas que ali morreram merecem respeito, e não que alguém as ridicularize.

Virou-se e dirigiu-se apressadamente para a porta que ficava atrás do balcão do caixa e que, sem dúvida, levava a uma sala de acesso reservado.

– Não a leve a mal – disse a srta. Gavrilović, quando ficamos sozinhos. – Tudo isto é demais para Olga. Ela também nunca tinha visto uma pessoa morta antes.

– A culpa é minha. Fui longe demais. Acho que esse clima está fazendo efeito negativo sobre mim também.

– Ninguém se sente bem com um tempo assim. Agora falando sério: o que acha que devemos fazer em relação à poltrona?

– Nada. A melhor coisa a fazer é deixá-la onde está.

– Alguém pode se sentar nela.

– Disse que os clientes a estão evitando.

– Mas e se, mesmo assim, alguém se sentar?

– Nesse caso, preste atenção em todos os pormenores. E me ligue na hora. Tem o meu celular.

A srta. Gavrilović abriu a boca para dizer mais qualquer coisa, mas os sininhos por cima da porta de entrada a impediram. Um jovem e uma moça entraram na livraria. Ela olhou na direção da porta da sala dos fundos, que continuava fechada.

– Está na hora de eu ir embora – declarei, salvando-a de uma situação embaraçosa. E salvando a mim também. Se tivéssemos continuado a conversa, certamente eu teria sido confrontado com questões às quais ainda não estava preparado para responder. – Também tenho muito trabalho pela frente. Aguardo seu telefonema.

Sorri e saí da Papyrus.

5

Tinha começado a ler quando o telefone tocou.

Estava no meu gabinete. O inspetor Petronijević tinha saído mais cedo, durante a tarde, e informara que não regressaria. A escuridão instalara-se há muito. Não havia nenhuma luz acesa, exceto o abajur da minha mesa, que iluminava um livro aberto.

– Alô?

– Boa tarde, inspetor Lukić. É o dr. Dimitrijević. Não esperava encontrá-lo no escritório.

– Que horas são?

– São seis e vinte.

– É assim tão tarde? Fiquei absorvido num caso e não me dei conta de que o tempo voou.

Coloquei a fita para marcar a página e fechei o livro.

– Antes de passar para o que interessa, gostaria de lhe fazer uma pergunta. Espero que não se importe. É uma questão pessoal.

– Diga.

– É casado?

Dei uma gargalhada.

– Se fosse, duvido que ainda estivesse trabalhando. Por que pergunta?

– Perdi a aposta.

– Aposta?

– Por alguma razão estava convencido de que era casado. Meu equívoco vai me custar uma barra grande de chocolate com avelãs.

– Quem é que vai ganhá-la?

– Minha colega, Sonja Vidić. Conheceu-a esta manhã.

– A loura?

– Claramente ela não se encaixa no estereótipo. Chegou à conclusão infalível de que você não é casado.

– Baseada em quê? Nós mal trocamos duas palavras.

– Talvez haja sinais que apenas as mulheres conseguem perceber. A mim, sem dúvida, escaparam.

– Presumo que tenha sido ideia dela apostar uma barra de chocolate com avelãs.

– Sim, foi ideia dela. Como é que sabe?

– Também tenho bom olho para certos sinais. Especialmente quando são evidentes.

– De qualquer maneira, ela demonstrou ser mais habilidosa ao julgar homens do que ao fazer diagnósticos.

– Refere-se ao ataque cardíaco?

– Sim.

– Ela reagiu mal quando perguntei se tinha certeza.

– Tendo em conta as circunstâncias, não deve levá-la a mal. Ela me pediu para lhe transmitir um pedido de desculpas.

– As desculpas serão aceitas se forem acompanhadas por metade da barra de chocolate. Diga a ela que é até um favor que lhe faço.

O dr. Dimitrijević soltou um riso abafado.

– Acho melhor ignorar esse seu comentário.

– A causa da morte é novamente desconhecida?

– Infelizmente, sim. A sra. Ljubica Mitić, ao contrário do sr. Todorović, não era propriamente uma pessoa muito saudável. No entanto, eram doenças que apenas tornavam sua vida mais desconfortável, não constituindo uma ameaça. Sofria de reumatismo e asma.

– O que descobriu sobre ela?

– Existem algumas semelhanças com o primeiro caso. Também era ligada ao mundo das artes. Era pintora. Antes e depois de se ter aposentado. Também gostava de gatos, mas moderadamente. Tudo o que possuía se resumia a um. Um gato, um marido e uma filha, que formou a própria família há muito tempo.

– Também não parece ser uma pessoa que pudesse interessar à Agência de Segurança Nacional.

– Pois é.

– O que vai escrever na certidão de óbito desta vez?

– Por enquanto, nada. Vou deixar a causa da morte em branco. Estou pensando em passar pela Papyrus para farejar um pouco mais. Pode ser que haja alguma coisa na livraria que seja pouco saudável para aposentados com veia artística.

– Nunca ouvi falar de algo que possa ser tão seletivamente nocivo.

– Eu também não.

Meu celular tocou.

– Não se importa de esperar um momento? – Coloquei o telefone em cima da mesa e procurei o celular no bolso do casaco.

– Alô?

– Inspetor Lukić? – A voz da srta. Gavrilović estava pelo menos uma oitava acima do habitual.

– O que aconteceu?

– Pode vir para cá agora?

– Alguém se sentou na poltrona?

– Morreu mais uma pessoa.

– Não toque em nada. Estou a caminho.

Desliguei, enfiei o celular no bolso e peguei novamente o telefone.

– Surgiu um motivo para ir imediatamente à Papyrus. Temos um terceiro cadáver.

6

Assim que entrei na livraria, lancei um olhar sobre a poltrona agourenta. Uma mulher de meia-idade, com um pequeno e adorável chapéu, encontrava-se sentada nela, com um livro sobre o colo. Estava desorientada e assustada, mas sem dúvida não estava morta.

Percorri a Papyrus com o olhar. Nunca tinha visto a loja tão cheia antes. Devia haver pelo menos uns vinte clientes e todos pareciam bem vivos. O burburinho de consternação que produziam acalmou de repente e todos os olhos se viraram na minha direção. Entretanto, todos começaram a se movimentar para desimpedir o caminho entre a porta e uma estante que se encontrava mais à frente, do lado esquerdo. Antes que o caminho ficasse completamente livre, vislumbrei um corpo caído aos pés da estante e livros espalhados pelo chão. Enquanto avançava por entre as duas fileiras de pessoas, ocorreu-me que deveria ficar preocupado. Embora estivesse plenamente convencido de que não me assemelhava em nada a um inspetor de polícia, a verdade é que as pessoas que ali estavam não tiveram qualquer problema em me reconhecer como tal. Não há dúvida de que tenho uma percepção errada de mim mesmo. Seria capaz de jurar que não havia nada em mim que indicasse que não era casado e, no entanto, bastou um olhar para que a médica-legista me colocasse esse rótulo.

A srta. Gavrilović era a pessoa que estava mais próxima do corpo. Parecia mais calma do que eu esperava.

– Ninguém tocou em nada – disse-me suavemente quando cheguei perto dela. – Também pedi a todos os clientes que não saíssem até a chegada da polícia. Espero ter agido bem.

Sorri.

– Procedeu muito bem. Se, depois de tudo isso, pensar em deixar a livraria, arranjo-lhe um trabalho na polícia.

Ela me devolveu o sorriso, mas logo voltou a ficar séria.

Reconheci o jovem antes mesmo de me agachar junto ao corpo. Um livro grosso cobria-lhe parcialmente o rosto, escondendo a orelha, mas via-se o cachecol vermelho vivo, que parecia uma ampla faixa de sangue. Passei a mão por baixo do cachecol e procurei sentir a veia jugular. Não tinha pulso.

Inspecionei os livros espalhados pelo chão e depois ergui o olhar para observar a estante. As prateleiras superiores tinham sido esvaziadas parcialmente. Levantei-me, tirei o casaco e cobri o corpo com ele. O silêncio instalou-se na loja.

– Temos de esquecer a poltrona – disse para a srta. Gavrilović. – O que aconteceu?

– Não sei exatamente – respondeu ela numa voz sumida. – Meus olhos estavam concentrados na mulher que se encontrava sentada na poltrona. Eram essas as suas instruções, não é mesmo?

Acenei com a cabeça.

– Ouvi uma certa agitação e depois os livros começaram a cair. A princípio pensei que a prateleira tivesse cedido. Embora isso fosse impossível, é claro. Só quando me aproximei é que vi o jovem no chão.

– Ele esteve aqui também na noite passada.

– É verdade. Era um cliente habitual. Estudava medicina veterinária. Era um grande apreciador de poesia. – Sua voz transformou-se num gemido. – Isso é uma coisa medonha...

Coloquei a mão em seu ombro. Sabia que devia dizer alguma coisa, mas não me ocorreu nada que fosse apropriado. Na minha confusão, tive uma reação completamente desnecessária. Peguei meu distintivo e o ergui no ar, como se ninguém soubesse que a polícia tinha chegado.

– Inspetor Lukić. Agradeço a paciência de todos e o fato de terem esperado. Quando o jovem caiu, alguém estava por perto?

Todos se entreolharam por alguns momentos, num silêncio surpreendido. Então, uma moça respondeu. Era baixa, usava o cabelo preto muito curto, tinha o nariz arrebitado e vestia uma roupa berrante e exuberante. Mastigava goma de mascar.

– Eu estava ao lado dele. – E apontou para o lugar onde as pernas do jovem sobressaíam, debaixo do meu casaco. – Ali.

– Viu o que aconteceu?

– Ele começou a agitar os braços de repente, como se estivesse tendo um ataque ou algo assim. Acabou fazendo com que os livros caíssem da estante e depois desmaiou.

– Assim, sem mais nem menos?

– Foi o que me pareceu.

– Antes disso, o que ele estava fazendo?

– Estava folheando um livro.

– Não falou com ninguém? Ninguém se aproximou dele?

Ela balançou a cabeça.

– Acho que não.

Os sininhos em cima da porta de entrada tocaram intensamente e o dr. Dimitrijević entrou na livraria acompanhado por dois paramédicos. Um deles trazia uma maca dobrada.

– Saiam todos da livraria, por favor – pedi em voz alta. – Temos uma investigação para fazer. – Olhei para a moça de cabelo escuro. – Obrigado.

– Está morto? – perguntou ela docemente, com voz hesitante.

– Infelizmente, sim.

Os olhos dela brilharam. Parecia querer dizer mais alguma coisa, mas não encontrava as palavras adequadas. Tirou a goma de mascar da boca, segurou entre os dedos, depois virou-se e juntou-se à massa de clientes enquanto estes se dirigiam para a saída murmurando. Apenas dois se dirigiram ao caixa para pagar à srta. Gavrilović os livros que haviam escolhido.

O dr. Dimitrijević estendeu-me o casaco.

– Presumo que seja seu.

Acenei afirmativamente, peguei o casaco e coloquei-o na poltrona mais próxima. Meus olhos percorreram toda a livraria. Agora que estava vazia, parecia muito maior.

A srta. Gavrilović não demorou a juntar-se a mim. Depois de se certificar da saída do último cliente, virara a placa que estava pendurada na porta ao contrário, onde agora se lia ABERTO do lado de dentro. Olhou-me fixamente sem dizer nada. Embora decerto tivesse perguntas para me fazer, provavelmente achou que não era o momento apropriado, com o médico agachado ao lado do jovem morto.

Decorridos alguns minutos, o médico levantou-se e fez um sinal aos paramédicos, que começaram a abrir a maca. Em seguida, veio ter conosco.

– Se fosse o primeiro caso, era capaz de jurar que morreu de ataque cardíaco.

– Nessa idade? – perguntei.

– Não imagina a quantidade de jovens que têm problemas cardíacos.

– Mas duvida que tenha sido problema do coração? – perguntou a srta. Gavrilović.

O dr. Dimitrijević olhou para mim.

– No início, parecia que a causa da morte das duas vítimas anteriores tinha sido um ataque cardíaco – relatei à srta. Gavrilović. – Mas não foi isso que aconteceu.

– Mas, então, morreram de quê?

Decorreram uns momentos até eu responder:

– A causa ainda não foi estabelecida.

– Aparentemente, este caso vai dar no mesmo – observou o médico. – Talvez tenha algo estranhamente insalubre em sua livraria, minha senhora.

– Senhorita – corrigi. – Srta. Gavrilović. Peço desculpas, me esqueci de fazer as apresentações.

O médico tirou as luvas de látex e estendeu a mão.

– Dr. Dimitrijević. Prazer em conhecê-la.

– Estranhamente insalubre, doutor?

– Três mortes em três dias dificilmente acontecem por puro acaso. E sobretudo mortes cuja causa não conseguimos determinar.

– Mas... – disse ela, e depois parou. – Mas o que pode haver numa livraria... que seja... insalubre?

– Para ser sincero, não faço a mínima ideia. Gostaria de fazer algumas pesquisas mais aprofundadas aqui na Papyrus. Com o seu consentimento, é claro.

– Com certeza. Quando quer começar?

– Agora mesmo, se possível. De qualquer maneira, estava quase fechando a loja, não é verdade? – Apontou para um saco preto que estava no chão. – Tenho aqui comigo todo o equipamento necessário.

– De quanto tempo vai precisar?

Ele olhou para o relógio.

– Faltam dez minutos para as oito. Penso que não vou ficar além das oito e meia. Importa-se que fique sozinho enquanto trabalho?

– Claro que não, doutor. Voltarei nesse horário para fechar a loja.

– Também estou incluído? – perguntei.

– Sim, por favor. Pode voltar às oito e meia também, se não se importar.

– Com todo prazer – respondi.

O médico voltou-se para seus auxiliares, que já tinham colocado na maca o corpo do jovem, coberto por um lençol verde, e dirigiu-lhes um breve aceno de cabeça. Era algo que estava se tornando rotineiro na Papyrus. Levantaram a maca e dirigiram-se para a porta.

– Desculpem-me por um instante – disse a srta. Gavrilović, dirigindo-se para a sala de acesso reservado.

Peguei o casaco que estava sobre a poltrona e vesti.

– O que procura? – perguntei em voz baixa ao doutor.

Ele me olhou durante um longo tempo e depois encolheu os ombros. A srta. Gavrilović voltou carregando um casaco escuro. Trazia um guarda-chuva pendurado no braço.

– Até logo, doutor. Às oito e meia – disse ela, e depois olhou para mim com um ar interrogativo.

Dirigimo-nos para a porta. Abri-a para que ela pudesse passar e saí logo a seguir.

Permanecemos em silêncio por uns instantes diante da Papyrus. Um pequeno toldo protegia-nos da chuva que caía ininterruptamente. Depois começamos a falar ao mesmo tempo, usando as mesmas palavras.

– Não se importa de...

Ambos voltamos a ficar em silêncio, envergonhados.

– Desculpe – disse a srta. Gavrilović, quebrando o silêncio em primeiro lugar.

– Eu a interrompi.

– Não, eu é que o interrompi.

– Queria lhe perguntar se precisa de companhia até as oito e meia.

Ela sorriu abertamente.

– Sim, obrigada. Gostaria de tomar um chá? Ou será que é de mau gosto fazer um convite dessa natureza a um inspetor de polícia?

– Contrariamente à crença popular, os inspetores de polícia gostam muito de chá. Especialmente se forem apreciadores de literatura.

– Conheço um excelente salão de chá aqui perto.

Abriu o guarda-chuva e ofereceu-me abrigo. Como era pequeno, tivemos de caminhar bem juntos um do outro, para evitar a chuva.

7

O salão de chá era composto apenas por quatro mesas pequenas. Numa delas estava sentado um jovem casal. Conversavam com as cabeças muito próximas e nem perceberam a entrada dos novos clientes. Fazia calor lá dentro, a iluminação era suave e uma multiplicidade de fragrâncias rodopiava no ar, colidindo de maneira inebriante, misturando-se e complementando-se umas às outras.

Escolhemos uma mesa no canto da sala. Tinha uma pequena luminária com a cúpula vermelho-escura e um prato com várias divisões, contendo condimentos para o chá. Penduramos os casacos no cabideiro mais próximo e nos sentamos.

Um velhinho de baixa estatura, com o cabelo ralo e grisalho, olhos estrábicos e andar de reumático, aproximou-se da nossa mesa. Vestia calças justas e casaco de mandarim, todo abotoado até em cima, que eram da cor do abajur. Fez uma mesura e sorriu para a srta. Gavrilović.

– Boa noite. Sejam bem-vindos. Então hoje veio um pouco mais cedo? – Eu nunca tinha ouvido um sotaque estrangeiro parecido. As palavras arrastavam-se e cada uma delas parecia terminar num ponto exclamação.

– Boa noite – respondeu a srta. Gavrilović, devolvendo-lhe o sorriso. – Hoje fechamos mais cedo.

O velhinho fez uma nova mesura.

– Poucos clientes com chuva? Aqui também vazio. O chá é mais apropriado para tempo frio. Chá e livro. Mas pessoas não saber o que é bom – suspirou ele. – O de sempre? E cavalheiro, que deseja? O mesmo, sim? Quando dois, beber do mesmo chá, diz ditado antigo.

Ele olhou para mim e eu olhei para a srta. Gavrilović. Pareceu-me que tinha corado, mas também podia ser apenas reflexo dos tons de vermelho provenientes do abajur.

– Recomendo o chá de figo – disse ela. – A não ser, evidentemente, que seja apreciador de outra coisa qualquer. Aqui servem chás para quase todos os gostos.

– Será que devemos pôr o velho ditado em prática? Além do mais, nunca provei chá de figo.

O velhinho fez mais uma mesura e se afastou.

– Venho aqui muitas vezes depois do trabalho. Descobri este lugar por acaso. Abriu há cerca de um ano e meio. Antes, não me interessava muito por chá, mas agora sou viciada.

– Eu aprecio uma boa xícara de chá. Chá Linden. Às vezes acho que devia experimentar outros tipos diferentes, mas a força do hábito sempre acaba vencendo. É o que acontece normalmente com os homens que moram sozinhos.

Ela olhou para mim durante uns momentos, sem falar.

– Não é casado, então? – perguntou por fim, baixando um pouco a voz.

– Hoje é a segunda vez que me colocam esse rótulo. É assim tão óbvio?

Ela sorriu e assentiu com a cabeça.

– O que faz com que seja tão óbvio?

Ela apontou para a minha mão direita.

– Não usa aliança.

Eu queria me dar um tapa na testa. Lá se foi o detetive de raciocínio rápido.

– Isso não quer dizer nada – retorqui, tentando sair daquela situação embaraçosa. – Talvez a use apenas quando estou com minha mulher.

– Não precisa recorrer a truques assim tão vulgares. Uma aliança nunca seria um obstáculo. Algumas mulheres até poderiam considerá-la um desafio.

– Então devia usar uma?

Ela riu.

– Assim não teria de explicar por que não é casado.

– Desta forma também não tenho de me explicar.

– É verdade que não tem. Mas podia me contar.

– Mas não é óbvio?

Ela olhou para mim de soslaio, depois balançou a cabeça.

– Os inspetores de polícia não são propriamente os melhores maridos. Regra geral, seus casamentos não duram muito – disse eu.

– Nem mesmo quando são licenciados em literatura?

– Nesse caso ainda menos. Existe algo de anormal nessa combinação. Afasta tanto as mulheres que, apesar de tudo, não têm preconceitos em relação a inspetores de polícia, como as que até poderiam se sentir atraídas por homens que gostam de ler. – Calei-me por uns instantes. – A senhorita, por exemplo, se casaria com um indivíduo desses?

O regresso do velhinho poupou-a de responder à pergunta.

– Chá feito com figos – disse ele, colocando à nossa frente um bule de porcelana e duas xícaras. – Muito bom para conversar. Pessoas felizes depois de bebê-lo.

Despejou o líquido verde fervente nas nossas xícaras. O aroma dos figos sobrepôs-se à mistura de fragrâncias que nos rodeava.

Seguiu-se a inevitável mesura.

– Espero que apreciem – declarou ele, retirando-se com um sorriso.

– Posso? – perguntou a srta. Gavrilović, apontando para o prato que continha os condimentos.

– Por favor.

Ela retirou a tampa de três das divisões do prato. Utilizando as colheres minúsculas que se encontravam em cada um dos compartimentos, pegou um pouco de pó de laranja da primeira divisão, algo semelhante a açúcar mascavo da segunda e folhas secas moídas de uma planta preta da terceira. Quando mexeu meu chá com tudo aquilo, a cor verde original deu lugar a um castanho amarelado. Devo ter franzido a testa, porque ela soltou uma pequena gargalhada.

– Experimentei os condimentos muitas vezes até chegar a esta combinação. Não se deixe enganar pelas aparências. Tenho certeza de que vai gostar.

Segurei a xícara, mas não cheguei a levá-la aos lábios, porque ela pousou a mão no meu braço, me impedindo.

– Tem de ser paciente e deixar o chá esfriar um pouco. Nunca deve ser bebido quando está escaldante.

Pousei a xícara e ela retirou a mão.

– Então, qual é a sua explicação?

– Minha explicação?

– Para o "senhorita".

– Ah, isso. – Ela olhou para a xícara, enquanto mexia o chá com uma colher. – A livraria, claro. Não deixa muito tempo livre para outras coisas.

– Que estranho. Pensei que isso só acontecesse com quem trabalha na polícia.

– Quando eu e a Olga abrimos a Papyrus, sete anos atrás, tudo parecia diferente.

– O que é que deu errado?

– Eu tinha uma visão ingênua sobre o que significa administrar uma livraria. Pensei que fosse um trabalho meio artístico, mas na realidade é acima de tudo um projeto comercial. Às vezes parece que não somos muito diferentes de um supermercado, pelo menos no que diz respeito ao trabalho administrativo.

– Eu tenho inveja do seu supermercado.

Ela olhou para mim com ternura e depois desviou o olhar para o redemoinho no interior de sua xícara.

– Queríamos que a Papyrus se tornasse uma espécie de salão literário. As poltronas foram colocadas ali com essa intenção. No princípio, tínhamos oito. Mas em vez de uma clientela selecionada, apareceram os nossos pacientes.

– Alguma vez pensou em fazer outra coisa qualquer?

– Não, nunca. Apesar de todos os percalços, eu adoro trabalhar na livraria. É uma coisa que se entranha em nós.

– Entranha-se o suficiente a ponto de sacrificar a sua vida pessoal?

Seus olhos perderam a ternura.

– Podia perguntar o mesmo ao senhor. O que o prende ao trabalho na polícia que justifique a impossibilidade de ter uma vida pessoal?

– Como afirmou, é algo que se entranha em nós.

Afundamos no silêncio. O jovem casal que estava na outra mesa levantou-se e dirigiu-se para a porta. Depois de terem saído, o único som que se ouvia na sala era o da colher a tilintar na xícara dela.

Pouco depois, ela parou de mexê-la.

– Penso que já esfriou o suficiente. Vai, experimenta.

Peguei a xícara e bebi cautelosamente um gole daquele líquido castanho.

– É como se nada do que eu tivesse bebido antes fosse chá.

Ela voltou a se animar.

– Isso é simpático.

Bebi um grande gole e depois outro. Se estivesse sozinho, teria esvaziado tudo de uma vez só. Voltei a colocar a xícara na mesa, relutantemente.

– Sabe que – disse eu – não é assim tão ruim ter os seus pacientes. Pelo menos é emocionante.

– Com certeza. Receio que até demais. Particularmente agora com essa onda de mortes na Papyrus. – Ela se calou e sua expressão voltou a ficar séria. – Acha que vamos ter de fechar?

– Por quê?

Hesitou um pouco.

– Bem... se continuarem.

– Não vão continuar. Já ultrapassaram em muito a média de mortes para uma livraria.

– Mas e se o médico descobrir alguma coisa...

– O que há para descobrir?

– Não sei. Mas ele está à procura de alguma coisa, não é verdade?

Olhei de relance para o meu relógio.

– Dentro de aproximadamente vinte minutos ficaremos sabendo se encontrou o que procurava.

– Talvez não tenha sido uma boa ideia deixá-lo sozinho na livraria.

Soltei uma gargalhada.

– Não se preocupe, ele não corre perigo. Os médicos forenses não morrem assim, nem mesmo na literatura policial. Mas já que tocamos no assunto, gostaria de lhe fazer uma pergunta.

– Sim?

– Depois que o dr. Dimitrijević sair, tem algum motivo que a obrigue a permanecer na Papyrus?

– Vou ter de ficar pelo menos mais meia hora. Já lhe falei do trabalho administrativo e também preciso arrumar os livros que ficaram espalhados. Por que a pergunta?

– Se importa que eu lhe faça companhia? Gostaria de tentar encontrar um livro.

– Com certeza vou gostar da sua companhia. Ficar sozinha na livraria perdeu o encanto. Terei muito prazer em ajudá-lo. Os livros estão todos na base de dados do computador. Qual é o livro que procura?

Suspirei.

– Não sei.

Ela ficou me olhando, perplexa.

– Não sabe o título?

– Não.

– Ou o nome do autor?

– Nem mesmo isso.

– Então como imagina encontrá-lo?

– Se o vir, saberei reconhecê-lo.

– Então, o computador não será uma grande ajuda.

– Foi o que pensei.

– Sabe alguma coisa sobre o livro que procura?

– Presumo que seja uma história policial.

– Na Papyrus não temos muitos livros desse gênero, a não ser que sejam literatura séria. Já falamos sobre isso.

– Não sei se é literatura séria ou leve.

– Já o leu alguma vez?

– Eu diria que sim.

– Diria?

Peguei a xícara e acabei de beber o chá.

– Isso tudo deve parecer muito confuso.

– Então por que não tenta se explicar um pouco melhor?

– Posso tentar, mas não tenho certeza de conseguir ser mais claro. Eu mesmo ainda não vejo as coisas com muita clareza. Lembra-se de quando chamou a polícia após a primeira morte?

– Como poderia ter esquecido? – respondeu ela com um sorriso.

– Enquanto escutava o que me dizia, tive a mais estranha das impressões. Foi como se já soubesse aquilo que ia dizer, mesmo antes de ter dito.

– *Déjà vu?*

Levantei as sobrancelhas e abanei a cabeça.

– Foi mais um *déjà lu.*

– Nunca ouvi falar disso.

– Eu também não. Mas foi o que me pareceu, sem dúvida. Foi como se tivesse reproduzido frases de um livro que eu já li.

– Mas como isso é possível? Eu não leio policiais.

– Eu também não leio tantos assim, mas o que eu disse na época também parecia vir do mesmo livro.

Ela bebeu um pequeno gole de chá. Sua xícara ainda estava quase cheia.

– Talvez não deva dar tanta importância a uma impressão estranha. De tempos em tempos tenho experiências de *déjà vu*, mas não ligo muito. O que mais eu poderia fazer?

– Não é uma simples impressão.

– Ah, não?

– Não. Tudo o que aconteceu desde a nossa primeira conversa pareceu-me ser um *déjà lu*. Até mesmo aqui no salão de chá.

Ela me fitou nos olhos.

– Agora vou me transformar em personagem de uma novela barata qualquer – disse ela, voltando a sorrir.

– Acha que tudo isso se assemelha ao enredo de uma novela barata?

Sua expressão facial mostrava que ela não estava muito segura em relação à resposta que deveria dar. Por fim, acabou por mudar de assunto.

– A única coisa que lhe falta pesquisar é a livraria. Espero que encontre esse livro misterioso. Eu mesma o leria, independentemente de ser literatura séria ou leve.

Pegou mais uma vez a xícara e acabou de beber o chá.

– Temos que ir – declarou ela, pousando-a em seguida, e depois virou-se para o velhinho. Embora ele estivesse atarefado fazendo algo atrás do balcão, captou de alguma maneira o olhar dela e encaminhou-se rapidamente para a nossa mesa. Enquanto se aproximava, retirei minha carteira do bolso, mas ele balançou a cabeça.

– Senhor não paga por ser primeira vez aqui. Para voltar novamente. Espero que chá de figo agradável. Gostou de conversar?

– Muito – respondeu a srta. Gavrilović, olhando para mim por uns momentos. – O chá de figo é realmente uma inspiração para se ter conversas interessantes.

O velhinho fez então uma dupla mesura, sorrindo abertamente.

– Eu contente. Vocês me ver em breve.

Quando nos recolhemos novamente debaixo do guarda-chuva, ela me deu o braço. Assim ficamos aparentemente com mais espaço.

8

Enquanto eu sacudia o guarda-chuva diante da entrada, a srta. Gavrilović entrou na Papyrus. Entrei em seguida, e os sininhos soaram novamente quando fechei a porta.

Ela se voltou e olhou para mim com um ar desconcertado. Demorei um pouco a perceber por quê. Não tinha ninguém na livraria.

Ouvimos então um ruído na sala de acesso reservado. Fiz sinal à srta. Gavrilović para permanecer perto da entrada e depois me encaminhei na direção do barulho. Já tinha percorrido metade do caminho quando a porta que ficava atrás do balcão se abriu e o dr. Dimitrijević apareceu.

– Ah, já voltaram. Bem a tempo. Já terminei.

Ele começou a tirar as luvas de látex. Tinha uma máscara de gaze pendurada sob o queixo.

– Não sabia que a sala de acesso reservado também era de seu interesse – comentou a srta. Gavrilović.

– Também faz parte da livraria.

– Mas os clientes não estão autorizados a entrar aí dentro.

– Mas alguém entra lá, não?

– Ninguém, além de mim e da minha colega, que é coproprietária da Papyrus. Isso faz de nós suspeitas?

– Suspeitas de quê?

– Ora, do que aconteceu. Das três mortes.

– Como poderiam ser suspeitas? Não foram homicídios, mas sim três mortes naturais.

– Qual foi a causa?

O dr. Dimitrijević dirigiu-se para uma das poltronas. Tirou a máscara e colocou-a, com as luvas de látex, dentro do saco que tinha deixado ali.

– Ainda não sei. Pode ser que encontre algo após examinar as amostras que recolhi.

– Amostras?

– Sim. Recolhi amostras de vários materiais daqui da livraria.

– Amostras do quê?

– Papel, por exemplo. É o que mais há por aqui, o que é compreensível, por isso pode ser essa a fonte principal do problema.

– Como é que o papel pode ser a causa de um problema tão sério como a morte?

– Algumas pessoas são alérgicas a papel.

– Mas certamente elas costumam se manter afastadas das livrarias.

– Não necessariamente. Talvez não tivessem noção de que o perigo andava à espreita. Uma alergia pode se desenvolver em reação a um tipo específico de papel. Um determinado tipo de papel pode ser literalmente fatal, mesmo quando os demais são inofensivos.

– Não sabia. Portanto, isso faz com que o trabalho numa livraria seja um emprego de alto risco.

– Não desanime, as alergias a papel são extremamente raras.

Um sorriso irônico surgiu no rosto da srta. Gavrilović.

– Consideraria, em média, um caso por dia como sendo uma raridade?

– Oh, mas o papel não é necessariamente a causa das três mortes. Existem outras coisas que também causam alergias perigosas. O pó, por exemplo.

– O pó? Mas aqui não há pó. A gente se esforça muito para manter a livraria limpa.

– Concordo plenamente. O asseio das senhoras poderia provocar inveja a muitas farmácias. Apesar de todo o seu empenho na remoção do pó, ele acaba sempre por vencer. Especialmente nos lugares onde se encontram muitos livros.

– O que devemos fazer, então?

– Não devem fazer nada. Se foi essa a razão pela qual alguém morreu aqui, então, muito provavelmente, era a única pessoa sujeita a morrer com alergia ao pó da livraria em toda a cidade. É ainda mais raro do que ser alérgico a papel. O mesmo se pode dizer em relação às cinzas.

A srta. Gavrilović e eu viramos ao mesmo tempo a cabeça na direção da lareira.

– Cinzas?

– Sim. A literatura médica lista alguns casos graves de alergia a cinzas. Mas é a hipótese menos provável. Só acontece quando se queima alguma substância perigosa, e vocês, pelo que vejo, usam somente madeira comum.

– Talvez devêssemos instalar outro tipo de aquecimento.

O dr. Dimitrijević balançou a cabeça.

– Não é necessário. Não existe uma proteção cem por cento eficaz no que diz respeito às alergias. Mesmo que transformasse a livraria num lugar hermeticamente fechado e esterilizado, ainda assim não haveria garantia total. E, depois, quem viria aqui comprar livros?

– Ninguém – respondeu pausadamente a srta. Gavrilović.

O dr. Dimitrijević sorriu.

– Já chega de conversa sobre as amostras que recolhi. Apenas consegui assustá-la sem necessidade. Não há motivos para ficar preocupada. O que aconteceu aqui na Papyrus foi um grande golpe de azar, em que três pessoas morreram, de causas incomuns, num curtíssimo intervalo de tempo. Mas tudo isso já passou, certamente. Só espero que esses acontecimentos não desencorajem as pessoas de visitar a livraria.

– Por enquanto, isso ainda não aconteceu – disse a srta. Gavrilović. – Muito pelo contrário. A primeira morte foi só o começo. Em relação aos outros dois casos, veremos o que vai acontecer a partir de amanhã. Tenho medo só de pensar no que os jornais sensacionalistas vão publicar...

– Não se preocupe – disse o médico, minimizando a situação com um aceno de mão. – Independentemente do que possam escrever, não vão lhe causar danos. Os leitores de jornais sensacionalistas não frequentam livrarias como esta, e os seus clientes não costumam ler esse tipo de jornal.

A srta. Gavrilović soltou um suspiro.

– Espero que tenha razão.

– Muito bem, agora preciso ir. Falamos em breve, inspetor. Importa-se de me dar o número de seu celular?

– Claro que não.

Ele tirou o próprio telefone do bolso e acrescentou meu número à sua lista de contatos.

– Obrigado. Até logo, srta. Gavrilović. Não sei se vai considerar o que vou dizer como um elogio, mas a Papyrus é um dos lugares mais agradáveis onde já trabalhei.

– Obrigada pelo elogio – respondeu ela com um sorriso fugaz.

Ele se dirigiu para a porta, tirou o casaco do cabideiro, vestiu-o e saiu. Quando o rastro sonoro deixado pela campainha se desvaneceu após sua saída, instalou-se um silêncio prolongado à nossa volta.

– Inspetor Lukić... – disse ela por fim, mas eu a interrompi.

– Dejan.

Surpreendida, ela olhou nos meus olhos durante um longo tempo. Desta vez não havia luz vermelho-escura que pudesse ocultar o rubor no seu rosto.

– Sim. Vera?

Pareceu que iria acrescentar mais alguma coisa, mas que tinha mudado de ideia no último momento.

– Se houver alguma coisa que eu possa fazer para ajudar...

– Obrigado, mas não vejo como, uma vez que nem eu mesmo sei muito bem o que procuro. E que tal se eu a ajudasse a organizar estes livros?

Apontei para os volumes que estavam espalhados pelo chão.

– Não, não precisa, cuido disso num segundo. Pode começar sua busca.

Ela se dirigiu à sala de acesso reservado para deixar o casaco, e eu pendurei o meu no cabideiro. Depois, encaminhei-me para a estante mais próxima. Quando a ouvi regressar à sala, virei-me. Nossos olhos se encontraram por breves instantes. Ambos sorrimos.

Quando disse que seria capaz de reconhecer o livro se o visse, estava sendo muito otimista. Na verdade, não fazia a mais remota ideia de qual seria o seu aspecto. Poderia perfeitamente estar diante do meu nariz sem que eu o reconhecesse. Além disso, existia uma probabilidade cada vez maior de tudo aquilo não passar de uma simples invenção da minha cabeça. Na realidade, não havia livro nenhum.

De fato, pensando melhor, como convém a um inspetor de polícia, como poderia um livro descrever tudo o que estava me acontecendo na realidade? É claro que não podia. O que eu estava vivendo era real, e não literatura. Como é que pude permitir que minha formação acadêmica influenciasse o curso normal do meu trabalho?

Por outro lado, a impressão de *déjà lu* era muito forte. Nunca tinha experimentado algo assim antes. O pior de tudo era ter plena consciência de que estava num beco sem saída. Antes de dizer qualquer coisa, sabia as palavras exatas que inexoravelmente se seguiriam, como se eu fosse um ator que tivesse decorado as falas. Tentei alterar várias vezes o inevitável e dizer qualquer outra coisa, mas não consegui.

Meus olhos deslizaram lentamente pelas lombadas dos livros. De vez em quando pegava um volume da estante e o folheava rapidamente. Vera demorou apenas dez minutos para pôr a estante em ordem. Depois dirigiu-se até o caixa e concentrou-se no trabalho administrativo. A livraria estava totalmente silenciosa; não se parecia em nada com o local agitado no qual eu havia entrado cerca de duas horas antes.

– Tem tido sorte?

Coloquei de volta na prateleira o livro que tinha na mão e me virei. Ela olhou para mim por cima dos óculos de leitura, que se encontravam no meio do nariz.

– Nenhuma. Já terminou?

Tirou os óculos, que estavam pendurados num cordão em torno do pescoço, e colocou-os dentro de uma gaveta sob a caixa registradora.

– Não completamente, mas acabo o resto amanhã. Os acontecimentos de hoje me deixaram esgotada.

Aproximei-me do balcão.

– Eu também. É preciso ficar de olhos bem abertos para procurar algo sobre o qual nada se sabe. Continuarei amanhã, com a sua permissão.

Ela sorriu.

– Com certeza. Mas talvez já não seja necessário prosseguir com a busca.

– Por quê?

Ela saiu de trás do balcão e se pôs à minha frente.

– Tenho de confessar que estou impressionada. Devia ter sido escritor. Tem uma imaginação fantástica.

Balancei a cabeça.

– Não entendi...

– Você entendeu, Dejan. Já fui paquerada algumas vezes, mas nunca ninguém foi tão imaginativo como você.

Meus olhos piscaram de espanto quando olhei para ela.

Seu sorriso ia de orelha a orelha. Acariciou o meu rosto.

– A ideia do *déjà lu* foi muito inteligente. Bem como a da inevitabilidade do que acontece a seguir.

– Não é isso... – comecei logo a dizer, mas ela me interrompeu.

– Não precisava se esforçar tanto. Mas, no meu caso, sinto-me lisonjeada. Então, o que acontece inevitavelmente a seguir?

Suspirei.

– Agora vai ocorrer uma separação inevitável até amanhã. Qualquer outra sequência de acontecimentos seria própria de um romance água com açúcar, e não me parece que esse seja o livro que procuro.

Acariciei-lhe a face também.

– Embora neste momento sinto muito que não seja esse o caso.

9

Quando entrei no escritório, meu colega Petronijević cumprimentou-me com um amplo sorriso.

– Parabéns – disse-me ele. – Nada menos do que a primeira página.

Mostrou-me o jornal que tinha à sua frente.

Peguei o jornal. Uma fotografia da fachada da Papyrus ocupava a quase totalidade da metade inferior da primeira página. Por cima, escrito em letras grandes, estava a manchete, LIVRARIA MORTAL, com três pontos de exclamação no final. A nota que se encontrava abaixo da fotografia indicava o desenvolvimento da história na página nove. Virei as páginas apressadamente até dar com ela.

Minha atenção foi atraída primeiro por uma outra grande fotografia. Uma caveira com dois ossos cruzados fora colocada sobre as prateleiras cheias de livros. A história, resumida, estava redigida no estilo típico dos tabloides.

Vista do lado de fora, a livraria Papyrus parece inofensiva. Mas não se deixem enganar pelas aparências! Se têm amor à vida, não entrem! É um dos lugares mais perigosos da cidade! Nos três últimos dias, três inocentes amantes de livros perderam a vida nessa livraria. A causa das mortes ainda é desconhecida. Fontes policiais fidedignas informaram-nos que são esperadas mais vítimas.

Queria esbravejar. Podia imaginar exatamente como Vera ia se sentir caso visse o jornal.

– Que nojo! – exclamei. – A parte da caveira só pode ser obra de alguém que detesta livros.

– Não escreveram nada que não esteja correto.

– A parte em que dizem que são esperadas novas vítimas está claramente errada.

– E não são?

– Por que haveriam de ser?

– O chefe não teria mandado te chamar para terem uma conversa se já estivesse tudo resolvido.

– Quando é que ele mandou me chamar?

– Às nove e meia. E pediu para você ir falar com ele imediatamente.

– Ótimo. Já é hora mesmo de falarmos sobre as fontes policiais fidedignas mencionadas toda hora nos jornais.

– Duvido que ele esteja muito interessado.

Ele pegou o jornal da minha mão e voltou a enfiar o nariz nele.

Saí do meu escritório, percorri o corredor e, quando cheguei à última porta do lado direito, bati. A plaqueta de latão dizia INSPETOR-CHEFE.

– Entre! – ordenou uma voz monocórdica.

Abri a porta. O inspetor-chefe Dordević estava sentado atrás de uma mesa comprida, dominada por dois bonsais dispostos simetricamente. Atrás dele, um aquário enorme emitia uma profusão de reflexos esverdeados.

– Ah, inspetor Lukić, sente-se.

Diante da mesa havia duas poltronas, e ele indicou a do lado esquerdo. Sentei, me perguntando sobre a razão de ele nunca ter me convidado a sentar na do lado direito.

– O que está se passando na livraria? Chama-se Papyrus, não é?

– Sim, é a Papyrus.

– É um belo nome para uma livraria. Como é possível aparecerem tantos cadáveres num lugar desses? Três, não é verdade?

– Sim, são três.

– E que informação o médico-legista deu sobre o assunto?

– Ainda não recebi os relatórios oficiais. Por enquanto, a causa da morte continua desconhecida.

– Desconhecida?

– Não é uma situação habitual. Por enquanto, o dr. Dimitrijević está cogitando algumas hipóteses raras. Reações alérgicas violentas, por exemplo.

– Reações alérgicas... a quê?

– Pelo que pude perceber, existem vários candidatos. Papel, pó ou cinzas, por exemplo.

Ele se levantou da poltrona de couro, retirou o lenço do bolso, inclinou-se sobre o bonsai da direita e limpou a copa da árvore em miniatura.

– O pó é, de fato, insuportável. Limpei a árvore esta manhã, mas já consigo desenhar uma linha com o dedo. – Voltou-se para o aquário. – Talvez devesse protegê-la de alguma forma. Não sabia que essas coisas podiam ser letais.

– Pelo visto, podem. Em certos casos muito especiais.

Depois de sacudir o lenço, ele o colocou novamente no bolso.

– Não será um exagero, três casos especiais em tão pouco tempo? Quantos dias exatamente?

– Três dias.

– Alguma vez já tinha acontecido uma situação semelhante na Papyrus?

– Não, nem em outra livraria qualquer, pelo menos que eu tenha conhecimento.

– Existe a possibilidade de não se tratar de uma simples coincidência?

Fez-se silêncio durante um momento, antes de eu responder à pergunta.

– Onde quer chegar?

– Oh, você sabe perfeitamente, vivemos em tempos violentos.

– Está insinuando que alguém pode estar por trás de tudo isso?

– Talvez não devesse descartar essa possibilidade. O mundo está cheio de psicopatas e o que não faltam por aí são terroristas.

– Seria de se esperar que um terrorista escolhesse um alvo maior, em vez de uma pequena livraria.

– Nunca se sabe. Se estiverem usando algum tipo de arma biológica, o local por onde tenham decidido começar é indiferente. Na verdade, quanto menos suspeito for o ponto de partida, melhor. De qualquer forma, os psicopatas não costumam ser muito ambiciosos.

– O que propõe que façamos?

– Não podemos fazer grande coisa até saírem os resultados dos exames feitos pelo médico-legista. Depois veremos. Talvez até precisemos pedir ajuda.

– Da Agência de Segurança Nacional?

– Sim. Eles são os únicos que estão equipados adequadamente para a luta contra o terrorismo.

– Eu acho que não vai ser necessário. Se minha intuição estiver certa, isto é menos dramático do que um ato terrorista.

– Respeitei sempre o uso da intuição no nosso trabalho, mas, de qualquer forma, esteja atento, pelo sim, pelo não. Vá passando pela livraria nos próximos dias.

– É o que pretendo fazer.

– Ótimo. De qualquer maneira, você é um rato de biblioteca, por isso será fácil passar despercebido.

Esbocei um sorriso.

– Tomarei o que me disse como um elogio.

– Elogio ou não, eu jamais poderia mandar o inspetor Petronijević para uma livraria, não é verdade? Com um simples olhar ficariam logo sabendo que é da polícia.

– Mas passaria perfeitamente despercebido num tabloide.

Foi a vez de ele esboçar um sorriso.

– Cada um tem a sua especialidade. Todas elas têm a sua importância.

– Sem dúvida.

– Muito bem. É tudo.

Levantei-me e dirigi-me para a porta.

– Se surgir alguma novidade, informe-me imediatamente – ele disse enquanto eu saía.

– Ok, chefe.

Assim que comecei a percorrer o corredor, o celular tocou. O número da Papyrus piscou no pequeno visor.

– Alô?

– Inspetor Lukić?

– É o próprio, srta. Bogdanović.

– Espero não estar incomodando. – Sua voz parecia distante.

– De jeito nenhum.

– Importa-se de vir aqui à livraria?

Gelei.

– Não me diga que... – Comecei a frase depois de uma breve hesitação.

– Lamento desapontá-lo. Não morreu mais ninguém. Mas surgiram outros problemas.

– Estarei aí num instante.

10

Quando cheguei à Papyrus, havia lá dentro dois clientes. Uma moça alta, que usava um chapéu colorido de lã, um casaco de pele que mal lhe chegava ao quadril e jeans enfiados em botas altas; encontrava-se de pé, junto a uma estante posicionada à esquerda da entrada, folheando um grande livro. Sua boca abria e fechava, sem emitir qualquer som, enquanto acompanhava a música que saía de pequenos fones de ouvido.

Um homem careca de meia-idade estava sentado numa das poltronas. Tinha colocado o casaco no colo em primeiro lugar, depois o cachecol e o chapéu por cima. O guarda-chuva estava encostado à lateral da poltrona. Estaria muito mais confortável se tivesse deixado tudo no cabideiro. E se tivesse os óculos de leitura com o grau certo, ao invés de segurar o livro com os braços estendidos até os joelhos.

Aproximei-me da srta. Bogdanović, que se encontrava diante do caixa, atrás do balcão. Era uma pena que não usasse um pouco de maquiagem para disfarçar a palidez. Não me estendeu a mão e eu agradeci em silêncio. Não gosto de apertar a mão de bonecos de cera.

Ela olhou para o relógio.

– Os inspetores de polícia não deveriam se deslocar mais rapidamente?

– Nós somos rápidos quando existem motivos para isso. – Olhei em volta. – Não vejo nada que justificasse vir correndo com a sirene ligada.

– Isso é porque não está olhando com atenção. Um detetive não deveria ter uma facilidade excepcional para a observação, especialmente estando familiarizado com livros?

Voltei a olhar ao redor, mas desta vez com mais atenção. Parecia estar tudo exatamente da mesma maneira como quando saíra dali na noite anterior. Estava prestes a dizer à srta. Bogdanović que não tinha vindo ali para brincar de gato e rato com ela, quando ela apontou a cabeça com impaciência para a prateleira mais próxima. Aproximei-me e estudei-a durante algum tempo. Depois regressei para junto do balcão.

– Os livros não estão organizados por títulos.

– Parabéns – disse ela com ironia.

– Obrigado. Apenas não consigo perceber por que seria um caso de polícia.

– Porque alguém os mudou de lugar durante a noite. E como ambos sabemos, a livraria está fechada durante a noite.

– Quando é que percebeu que os livros tinham sido remexidos?

– Imediatamente antes de lhe telefonar. Um cliente estava à procura de um livro. Dirigi-me à prateleira para pegá-lo, mas não o encontrei onde deveria estar. Não demorei a descobrir que muitos outros livros também não se encontravam no seu devido lugar.

– Apenas naquela estante ou em todas elas?

– Apenas naquela.

– Quanto tempo permaneceu na loja até descobrir o ocorrido?

– Cerca de uma hora e meia. Aos sábados abrimos das nove às três.

– Ficou aqui uma hora e meia, parecia que estava tudo em ordem e esperava que eu percebesse logo à primeira vista que não estava?

Ela repetiu um movimento que já a tinha visto fazer antes: empurrou os óculos enormes pelo nariz acima. Era uma maneira de ganhar tempo.

– Eu não sou detetive.

– Mas está aqui todos os dias. Será que é necessário ter uma facilidade excepcional para a observação para perceber uma mudança tão evidente?

– Eu não dei por nada. – Sua voz tornou-se mais estridente. – Tinha coisas mais importantes para fazer do que ficar olhando para os livros. Ontem Vera não terminou o trabalho dela e por isso sobrou para mim. Pelo visto não estava com disposição para trabalhar.

Olhou para mim com ar acusador.

– Falou com ela?

– Ela me telefonou antes de fechar a livraria. Contou-me tudo o que aconteceu. Se entendi corretamente, a última morte ocorrida na Papyrus não a impediu de apreciar uma xícara de chá.

– O chá de figo é sempre excelente para nos animar, independentemente das circunstâncias. Especialmente após uma morte. Eu o recomendo. Faz muito bem, sobretudo quando é servido para dois.

Seus lábios comprimiram-se numa linha.

– Então o que é que pretende fazer em relação a isto?

– Em relação a quê?

– Em relação à invasão na Papyrus, claro.

– Invasão?

– Não entendeu que alguém esteve aqui durante a noite e trocou a ordem dos livros?

– Percebi que alguém alterou a ordem dos livros, mas não que alguém tenha forçado a entrada na livraria. Quando abriu a porta de manhã, notou alguma coisa de anormal na fechadura?

Ela pensou um pouco.

– Não, não notei. Mas isso não significa nada. Com certeza os ladrões são suficientemente espertos para abrir fechaduras bem mais complicadas do que a nossa sem deixar qualquer vestígio.

– Sim, é verdade, os profissionais são altamente qualificados para fazer uma coisa dessas. Mas por que pensa que ladrões estariam envolvidos? Roubaram alguma coisa?

Ela olhou para mim como se quisesse dizer uma série de coisas ao mesmo tempo, mas sem saber muito bem por onde começar. Seus olhos chisparam por trás dos óculos.

– Não roubaram nada! – exclamou ela quase gritando.

O homem que estava na poltrona levantou os olhos do livro que estava lendo.

– Não me leve a mal – continuou ela num tom de voz mais baixo, depois de o olhar do homem ter regressado aos seus joelhos. – Não estava pensando propriamente num ladrão comum, e sim num larápio profissional.

– Suspeita que um profissional se deu ao trabalho de forçar a entrada na livraria, durante a noite, apenas para reorganizar os livros?

– Bem, que outra explicação poderia haver?

– Sabe, existe uma regra nas investigações policiais que raramente falha. A navalha de Occam. A explicação mais simples é sempre a mais provável.

– Não entendo o que está tentando me dizer.

– Por que acha que alguém forçou a entrada na livraria se é perfeitamente possível entrar aqui dentro legitimamente?

– Como assim, legitimamente? Só existem duas chaves, a minha e...

Ela se calou, boquiaberta. Quando voltou a falar, prosseguiu num sussurro, mas com a voz tremendo de raiva.

– Que disparate! Não está suspeitando que fomos nós que fizemos isto, ou está?

– Eu não suspeito de ninguém. Estou apenas considerando as possibilidades mais plausíveis. Tudo bem, não veio aqui durante a noite para alterar a ordem dos livros. Nesse caso, falta confirmar com Ve... a srta. Gavrilović.

Seguiu-se o inevitável olhar de censura.

– Mas por que ela haveria de criar todo este caos?

Dei de ombros.

– Não sabemos se foi ela. Já lhe telefonou para contar o que aconteceu?

– Sim, mas ela não me atendeu. Quando não trabalha no sábado, dorme até mais tarde.

– Não se importa de tentar novamente?

Hesitou um pouco, antes de se dirigir à sala de acesso reservado. Quando regressou, parecia confusa.

– Isso não é normal. Continua sem atender. Nunca aconteceu de ela dormir até quase o meio-dia. Também liguei para o celular, mas está fora de área.

– Talvez ela tenha decidido passar o fim de semana fora. Não a leve a mal por causa disso. Estes últimos dias foram bastante agitados.

– Mas viajar sem me informar não é típico da Vera.

– Todos nós acabamos por crescer um dia.

A única coisa que a impediu de explodir foi o fato de a moça ter se dirigido ao caixa naquele exato momento. Ela entregou o livro que estava folheando e um cartão de crédito. Continuava a mexer a boca sem emitir sons enquanto a srta. Bogdanović se atrapalhava com a venda; em seguida, encaminhou-se para a porta, os passos seguindo um ritmo que só ela ouvia.

– A srta. Gavrilović falou sobre os... – hesitei – pacientes. Entre eles há uma mulher que tem precisamente essa tendência, não é?

Apontei para a prateleira.

– Não gosto que Vera chame nossos clientes desse jeito. Não é justo.

– Então, como preferiria chamá-los?

– Todos temos, de uma maneira ou de outra, as nossas excentricidades. O senhor com certeza não é uma exceção.

– Eu não reorganizo livros nas prateleiras.

– Mas faz certamente outra coisa qualquer. Até me questiono se as excentricidades de um inspetor de polícia são tão inofensivas como esta.

Durante breves momentos ficamos olhando um para o outro, como se trocássemos tiros com os olhos.

– Sabe – disse eu, quebrando a tensão do silêncio –, aquela mulher que...

– A sra. Dragana Stojanović – interrompeu-me ela. – É curadora do Museu de Arte Moderna.

– Bom, será que a sra. Stojanović esteve aqui na livraria ontem à noite?

– Não, não esteve.

– Tem certeza?

– Se tivesse vindo, Vera me teria dito.

– Talvez não parecesse importante, se comparado com os demais acontecimentos. Ou então não se deu conta. A loja estava apinhada de gente.

– Mas quando vocês voltaram do salão de chá, ela teria notado que os livros estavam organizados de outra forma.

A essa altura, a loja já não estava apinhada. Na verdade, no final do dia só estavam vocês dois aqui, não é mesmo?

– É verdade. Mas como me disse há pouco, a srta. Gavrilović não estava com grande disposição para trabalhar, e quando isso acontece é normal não se estar tão atento.

Nossos olhares trocaram tiros novamente. Desta vez ela falou primeiro.

– O melhor a fazer é verificar com Vera o que aconteceu, quando conseguirmos finalmente falar com ela. Tenho quase certeza de que ela não estava completamente... desatenta.

Tirei o celular do bolso.

– Posso tirar algumas fotografias da prateleira?

– Como eu poderia recusar o pedido de um inspetor de polícia? Não seria contra a lei?

– Não seria contra nada. A não ser, talvez, contra a sua consciência.

– Ah, será que o inspetor me pesa na consciência? Esteja à vontade. Só espero que essas fotografias não apareçam depois no jornal.

Eu não conseguia manter a voz baixa. Por sorte, o homem que estava sentado na poltrona teve a delicadeza de considerar que a nossa conversa, algo exaltada, não lhe dizia respeito.

– Para mim, é óbvio que inspetores de polícia não são o seu tipo preferido de gente. Mas está muito enganada se pensa que tenho alguma coisa a ver com o que foi publicado hoje. Achei tão repugnante quanto você.

Parecia que ela estava pensando numa resposta à altura para me dar, mas no fim das contas a única coisa que fez foi baixar os olhos para uns papéis que estavam em cima do balcão.

Fui até a estante e tirei várias fotografias a curta distância, para que mais tarde pudesse ver bem os títulos nas lombadas. O *flash* não era suficientemente forte para fazer com que o único cliente que se encontrava na loja erguesse os olhos do livro que tinha sobre os joelhos.

Quando voltei para junto do balcão, os sininhos por cima da porta tocaram.

– Os seus pacien... excêntricos são interessantes – disse eu à srta. Bogdanović. – Gostaria de conhecê-los numa próxima oportunidade.

Ela moveu discretamente a cabeça, apontando na direção da porta.

– Eis a sua oportunidade.

Virei-me e dei de cara com... Albert Einstein.

11

As semelhanças eram perturbadoras. Enquanto o professor de matemática avançava determinadamente até o balcão, senti a impressão avassaladora de que era o grande físico em pessoa que se aproximava de mim. Era igualmente baixo, tinha o mesmo cabelo cinzento saindo debaixo do chapéu em todas as direções e o mesmo bigode que cobria o lábio inferior. O nó da gravata estava torto e a gola do casaco levantada apenas num dos lados.

Tirou o chapéu, fez uma primeira mesura na direção da srta. Bogdanović e depois outra na minha.

– Olá, minha querida menina. Olá para o senhor também.

– Olá, professor – respondeu a srta. Bogdanović, enquanto eu retribuía o cumprimento.

– Assim que soube o que tinha se passado, vim o mais depressa que pude – declarou ele, voltando a colocar o chapéu na cabeça. – Três mortes em tão pouco tempo. Que horror, que horror.

– Não há nada a fazer. As pessoas não escolhem onde vão morrer. Podia ter acontecido em qualquer lugar. Nesses últimos dias, a sorte não tem estado do nosso lado.

– Ah, a sorte! – gritou o professor, obrigando o homem que estava sentado na poltrona a levantar outra vez a cabeça por uns instantes. – A sorte não tem nada a ver com isso! É tudo muito mais... sério!

– É mesmo? – indagou a srta. Bogdanović, com a típica voz de uma mãe cujo filho acabou de dizer algo muito imaginativo.

– Sem dúvida! – respondeu o professor, ignorando o tom dela. – E é claro que sou eu o culpado de tudo. Não fui suficientemente rápido. – Balançou a cabeça várias vezes. – Imperdoável, imperdoável.

– Aconselho-o a ser mais cuidadoso, meu caro professor. Não é sensato confessar diante da polícia. – Ela se virou para mim. – Apresento-lhe o inspetor Lukić.

Estendi-lhe a mão.

– Dejan Lukić.

Ele se inclinou um pouco para trás, olhou bem para mim e depois aceitou o meu cumprimento.

– Ah, entendo. Tem razão, tem razão. Atanasije Nedeljković. Professor de matemática aposentado. Temo que a polícia não tenha nada para fazer aqui.

– A mim, também parece que não – redargui. – No nosso trabalho investigamos mortes violentas, e não as que têm causas naturais.

Ele olhou para mim com comiseração.

– Natural, diz o senhor? Bem, então agora vai ter uma surpresa.

– O professor não pensa assim?

– Com certeza não.

– Por quê?

– Porque tudo aponta claramente para outra coisa.

Ele enfiou a mão no bolso esquerdo do casaco e depois no direito. A seguir, procurou no bolso interior e, finalmente, encontrou o que procurava no bolso de trás das calças. A capa dura marrom do caderno de apontamentos tinha manchas de gordura. Bateu nele com a mão que tinha livre.

– Está tudo aqui. Toda a minha investigação.

– Investigação? – perguntei.

– Sim. Aqui, veja com os próprios olhos.

Com uma expressão de orgulho no rosto, entregou-me o caderno.

Folheei lentamente as páginas, repletas de números e de símbolos minúsculos.

Apesar do aspecto naturalmente distraído do professor, o caderno tinha uma apresentação impecável, como convém a um matemático.

Devolvi-lhe o caderno.

– Infelizmente, não entendo grande coisa de matemática. Minha especialidade é a literatura.

– O sr. Lukić não se encaixa no perfil habitual de um inspetor de polícia – interveio a srta. Bogdanović, com um sorriso irônico. – É um verdadeiro modelo de erudição.

O professor Nedeljković perscrutou-me novamente.

– Muito bem, muito bem. Na verdade, todo este assunto gira em torno da literatura.

– Em torno da literatura? – repeti.

– Correto. Estão aqui todos os indícios que encontrei. Em inúmeras obras literárias. Indícios dissimulados, escondidos, disfarçados. Invisíveis ao olhar comum. Pode acreditar em mim quando lhe digo que não foi fácil encontrá-los. Investi várias décadas neste trabalho. Poderia mesmo dizer uma vida inteira.

– Que indícios? – perguntei, após uns momentos de hesitação.

Antes que o professor tivesse oportunidade de responder, o homem que estava sentado na poltrona levantou-se e veio ter conosco.

– Desculpe o incômodo – disse ele à srta. Bogdanović. – Poderia me fazer o favor de reservar este livro? Venho buscá-lo na segunda-feira.

Ele lhe entregou o livro com um cartão de visita enfiado em seu interior.

– Com certeza – respondeu a srta. Bogdanović, colocando o livro sob o balcão. – Então, até segunda-feira.

– Até.

– Que indícios? – perguntei novamente, depois de os sininhos sobre a porta terem se acalmado.

O professor não respondeu de imediato. Olhou em volta, observando a livraria vazia, como se temesse que alguém pudesse ouvi-lo.

– Indícios do último livro – respondeu ele por fim, com suavidade.

– Do último livro? – indagou a srta. Bogdanović. – É a primeira vez que o ouço falar nisso, professor.

– Nunca o fiz anteriormente porque era segredo. Mas agora o segredo acabou. – Fez um amplo gesto com o braço, abarcando as instalações. – O último livro está em algum lugar por aqui.

– É o último livro em que sentido?

Decorreram alguns minutos até que ele respondesse.

– Depois dele não existirá mais nenhum.

– Mas se não houver mais livros, ficaremos sem trabalho. Gostaria que fechássemos a Papyrus? Para onde é que o senhor iria para fazer suas pesquisas?

– Não é apenas a Papyrus que está em perigo. Tudo está em perigo. O mundo inteiro.

– Sério? Ora, isso é horrível, professor. Mas será que podemos ter alguma esperança?

– Talvez, se eu descobrir o paradeiro do último livro.

– Então é melhor começar a procurá-lo imediatamente. Não podemos deixar que o mundo entre em colapso, não é verdade?

– Qual é a aparência do último livro? – perguntei, enquanto o professor se dirigia para a estante mais próxima. Tive de suportar o olhar reprovador da srta. Bogdanović.

Ele parou, virou-se e abanou a cabeça.

– Não sei. Ninguém sabe. Esse é o grande problema. Seu aspecto está sempre mudando. Quando se deixa reconhecer, já é tarde demais.

– Por que motivo acredita que esse livro se encontra na livraria?

– Será que três mortes não constituem prova suficiente? Está aqui, não tenho quaisquer dúvidas a esse respeito. Tive o pressentimento que iria aparecer logo na primeira vez que entrei na Papyrus. É por isso que tenho regressado sucessivamente. Mas não fui suficientemente rápido para detê-lo. Isso é lamentável, simplesmente lamentável.

Eu pretendia fazer mais uma pergunta, mas a srta. Bogdanović me interrompeu.

– Não devemos reter o professor. Ele tem uma tarefa importante à frente. Tem de salvar o mundo. Prossiga, professor, por favor.

O professor Nedeljković começou a remexer nos bolsos até encontrar novamente o caderno de apontamentos. Folheou-o por uns breves instantes e depois começou a seguir os apontamentos ao longo da página com o dedo. Em seguida, agachou-se e retirou um livro que se encontrava na prateleira mais baixa. Antes de o abrir, virou a cabeça brevemente para nós e colocou-se numa posição que nos permitisse ver o que estava fazendo.

– É evidente que não tem experiência em lidar com excêntricos – comentou a srta. Bogdanović em voz baixa.

– Não deveria ficar surpreso com as coisas que eles inventam. Ou fazer-lhes perguntas supérfluas. A melhor coisa a fazer é entrar no jogo, independentemente do que possam dizer. E nunca entrar em diálogo com eles.

– Obrigado pelo conselho.

– Devia estar ainda mais agradecido pelo fato de eu tê-lo interrompido. Se não o tivesse feito, ele ainda estaria buzinando ideias malucas no seu ouvido. E eu duvido que os inspetores de polícia possam ficar perdendo tempo por aí.

– Os excêntricos não são os únicos a agir de maneira irresponsável em relação ao tempo dos inspetores de polícia. As pessoas normais também nos dão muitas dores de cabeça. Inúmeras vezes somos chamados por razões infundadas.

Ela me lançou um olhar furioso.

– A mim não me pareceram infundadas.

– De qualquer maneira, agora já está tudo bem. Pelo menos segundo os padrões da Papyrus, onde os acontecimentos podem ser bem mais emocionantes.

Os lábios dela pareceram se desvanecer do rosto.

– Tem de ser sempre assim tão insuportável?

– Nem sempre, só quando estou de saída. Até logo, srta. Bogdanović. Por favor, dê os meus cumprimentos à srta. Gavrilović quando conseguir falar com ela.

Quando me virei e me encaminhei para a porta, ouvi algo semelhante a um sibilar.

– É a primeira coisa que vou fazer...

12

A única fonte de luz no escritório provinha de um grande monitor. Ainda havia luz do dia quando me sentei diante do computador. Quando escureceu, não dei por isso. A certa altura levantei a cabeça, porque me doía o pescoço, e fiquei surpreendido ao ver as janelas preenchidas pela escuridão.

Não esperava que o trabalho demorasse tanto, nem que se revelasse tão entediante. As fotografias que tirara mostravam quase trezentos livros, dispostos em nove filas. Numa primeira fase, anotei todos os títulos. Apesar de ter tirado as fotografias bem de perto, nem sempre era fácil ler o que estava escrito nas lombadas, mesmo aproximando-as ainda mais com a ajuda do computador.

Uma vez terminado o trabalho preliminar, comecei a marcar em vermelho os títulos que não estavam arrumados por ordem alfabética. Depois os copiei um por um para um novo arquivo. Olhei demoradamente para a nova lista de títulos, mais reduzida, tentando vislumbrar algum sentido.

A primeira pergunta que fiz a mim mesmo foi: por que motivo aqueles livros em particular teriam sido reorganizados e não outros quaisquer? Certamente o critério não poderia ser o da sua qualidade literária. Juntamente com algumas obras muito importantes, encontravam-se outras que não passavam de romances bastante medíocres. Teria de perguntar a Vera ou, melhor ainda, à srta. Bogdanović como é que livros daquele gênero tinham conseguido entrar numa livraria que se orgulhava do seu irrepreensível gosto literário.

Depois me ocorreu que talvez a escolha não estivesse relacionada com os títulos. Os livros poderiam ter sido selecionados de acordo com outra característica qualquer. Pelo formato, por exemplo, ou pela encadernação, ou pela cor da capa. Sem saber por quê, a ideia de que pudesse ter sido em função da cor me agradou.

Minimizei a janela com a lista dos livros marcados em vermelho e voltei a examinar a fotografia das prateleiras. Cheguei rapidamente à conclusão de que também não evidenciava qualquer padrão. Alguns livros eram volumosos, outros não, uns tinham a capa dura, outros não, e quanto às cores das capas era tudo uma bagunça.

Maximizei novamente a lista dos livros que estavam fora de ordem e fixei o olhar nela. Não sei exatamente por quanto tempo permaneci assim. À medida que o tempo foi passando, e a fadiga foi se apoderando lentamente de mim, comecei a aceitar a ideia de que todo aquele esforço tinha sido em vão. Quem quer que tivesse reorganizado os livros, fosse a sra. Stojanović ou qualquer outra pessoa, muito provavelmente o tinha feito sem qualquer intenção ou objetivo. Não existia ali qualquer significado oculto.

Senti-me deprimido, não tanto pelo fracasso, mas por ter desperdiçado o meu tempo. Movimentei o cursor com a intenção de fechar todas as janelas do monitor e depois desligar o computador, porém minha mão estacou de repente no meio do caminho. O toque do meu celular, naquele silêncio mortal, embora tivesse baixado previamente o volume, sobressaltou-me.

– Alô?

– Queria retribuir-lhe os cumprimentos. Foi muito gentil de sua parte.

– Vera – quase gritei. – Está tudo bem com você?

Ela riu.

– Estou ótima. Esperava que não estivesse?

– Não, claro que não. Mas a srta. Bogdanović ficou preocupada quando não conseguiu falar com você pelo telefone.

– Olga é assim. Às vezes é muito protetora.

– Como se fosse uma irmã mais velha?

– Ela é dois anos mais nova do que eu. E é por essa razão que sua atitude superprotetora pode parecer tão deslocada.

– O que posso dizer é que não está sozinha, no que diz respeito a receber esse tipo de tratamento por parte dela.

– Voltaram a se desentender um com o outro?

– Oh, nada de especial. Já estou me acostumando. Sei como lidar com o sarcasmo dela.

– Estou certa de que as suas respostas estiveram à altura das provocações. De qualquer maneira, ela não tinha qualquer motivo para incomodá-lo.

– É sempre bom quando a visita da polícia se revela desnecessária. De qualquer modo, se não tivesse ido hoje à Papyrus, teria perdido a oportunidade de conhecer o professor Nedeljković.

– Ah, o nosso Einstein. Olga me disse que o livrou de uma situação desagradável. Às vezes ele consegue ser realmente chato.

– Eu o achei interessante. Foi uma pena que a srta. Bogdanović tenha inviabilizado nossa oportunidade de conversar.

– Mas eu posso compensá-lo por isso. Da próxima vez que ele aparecer durante meu turno, eu lhe aviso, assim poderá falar com ele o tempo que desejar.

– Já que estamos falando dos seus pacientes... ou devo chamá-los de excêntricos?

– Só quando Olga estiver por perto.

– A sra. Stojanović passou ontem à noite pela loja?

– Eu já havia dito a Olga. Acho que não, mas não tenho certeza absoluta. A loja estava muito cheia.

– Não viu mais ninguém mexendo nos livros?

– Não, não vi. Minha atenção estava voltada para o caixa e a tal poltrona, e depois para aquilo que aconteceu.

– No entanto, alguém reorganizou os livros. A srta. Bogdanović acredita que isso aconteceu durante a noite.

– Está na natureza dela. Sempre pensa o pior.

– Você fechou a porta ontem à noite, não fechou?

– Claro. E não entrou ninguém depois que você saiu, tão preocupado com a honra ameaçada da literatura séria.

Engasguei com o sarcasmo, o que fez com que Vera risse novamente.

– Ouvi dizer que tirou uma fotografia da estante. E então, conseguiu provar que é mais perspicaz do que eu? O que descobriu?

Suspirei.

– Nada. Passei a tarde toda procurando, mas não fui capaz de encontrar qualquer sentido na forma como os livros estão arrumados.

– Talvez um chá de figo lhe faça bem, não?

– Muito bem mesmo. Será que devo encarar isso como mais um convite para ir ao salão de chá?

– Sem dúvida, é um lugar agradável, mas conheço outro ainda melhor. E já comprei todos os condimentos que eles têm lá. – Ela hesitou por uns breves instantes. – Mas só se isso se encaixar no seu cenário de *déjà lu*, evidentemente.

– Se encaixa perfeitamente. Uma vez que se trata de literatura séria, sem dúvida o autor vai se abster de entrar em pormenores sobre o fato de bebermos mais chá de figo. Ele saberá que uma sugestão é muito mais eloquente do que uma descrição exaustiva. Diga-me.

– O quê? – perguntou ela, confusa.

– O endereço onde esse novo chá de figo me espera.

– Oh, isso. Com certeza.

Escrevi o endereço de Vera no computador, sob a lista dos títulos marcados em vermelho, uma vez que não tinha papel nem caneta na mesa.

– Chego num instante.

– Estarei à sua espera.

Voltei a colocar o celular no bolso. Uma vez que memorizara o endereço, não tive necessidade de pegar o bloco de anotações na gaveta para tomar nota. De qualquer modo, ficaria registrado no arquivo. Mexi novamente o cursor com a intenção de fechar o documento, mas outra vez minha mão parou no meio caminho.

Não era a primeira vez que aquilo me acontecia. Me esforço para descobrir uma solução sem que nada aconteça. Até que algo me interrompe de repente. E quando regresso ao problema, a solução surge imediatamente à minha frente, como se estivesse analisando a questão de um ponto de vista completamente diferente.

Não podia acreditar que tinha passado tantas horas ali, quando a solução era tão óbvia como um sinal luminoso. Mas às vezes as coisas simples são as mais difíceis de ver. Agora parecia que a primeira letra de cada livro da lista tinha se tornado subitamente enorme e cintilante.

Na vertical, ao longo da margem esquerda do arquivo, estava claramente escrito: ÚLTIMOLIVROAQUI.

Salvei o arquivo com movimentos febris e logo a seguir abri a janela com a fotografia que continha o último livro da sequência de volumes que não estavam arrumados por ordem alfabética. Quando as minhas suposições se revelaram corretas, tive vontade de gritar: "Eureka!". Depois do livro cujo título começava por I, tinha uma pequena brecha que me havia escapado antes. Era um espaço que anteriormente estivera preenchido por algum livro.

13

O corredor que se estendia à minha frente parecia nunca mais acabar. Apesar de afunilar-se diante dos meus olhos, não se vislumbrava um fim. Não parecia que eu estivesse fazendo qualquer progresso, apesar de estar caminhando já há bastante tempo.

As paredes, o chão e o teto eram forrados com veludo puído verde-escuro. Era como se estivesse dentro de uma espécie de porta-joias gigantesco, infinitamente comprido. A iluminação era pálida, sem qualquer fonte de luz visível, como se o próprio veludo brilhasse.

Ao meu lado direito surgiam portas em intervalos irregulares. Parecia que estavam fundidas com a parede. Só percebi sua existência por causa dos puxadores redondos. Tentei abrir algumas, mas desisti porque estavam todas trancadas. Se não tivesse ouvido alguém bater do outro lado, também teria passado pela última sem parar.

Confuso, parei diante do retângulo de bordas quase indiscerníveis. Depois olhei para um lado e para o outro do corredor.

– Entre – disse eu por fim, quase num murmúrio, e depois repeti num tom de voz mais alto. – Entre!

A porta se abriu na minha direção, devagarinho. Tive de recuar um pouco para sair do caminho. Quando a porta ficou a noventa graus, consegui finalmente ver quem tinha entrado.

A mulher de cabelo grisalho e casaco e boina cinzentos sorria de orelha a orelha. De alguma maneira inexplicável, eu sabia que o pequeno livro que ela trazia era uma coletânea de poemas de amor.

Esboçou um gesto amplo na direção da sala que se encontrava atrás da porta.

Vacilei por uns instantes antes de entrar. Não me sentia particularmente feliz naquele corredor imutável, mas, por uma razão qualquer, não queria entrar. Mesmo assim, como eu poderia recusar um convite tão simpático?

Assim que passei pela porta em passos lentos, a mulher fechou-a rapidamente atrás de mim. Entrei numa sala pequena, mobiliada apenas com uma mesa de madeira comum e dois bancos. Na parede à minha esquerda encontrava-se uma pia com um espelho por cima. A mulher dirigiu-se imediatamente naquela direção, colocou o livro na pequena prateleira debaixo do espelho, abriu a torneira e começou a lavar o rosto.

Mal entrei, dois homens se levantaram. No meio da mesa colocada entre os dois estava um tabuleiro de xadrez sem peças. Incidia sobre ele uma simples lâmpada, pendurada por um fio no teto muito alto. O homem que segurava um cachimbo apagado envergava um casaco axadrezado, enquanto o de olhos estrábicos vestia calças justas e um casaco de mandarim abotoado até em cima. O primeiro acenou ligeiramente com a cabeça e o segundo fez sucessivamente uma série de mesuras acentuadas.

Enquanto a mulher continuava a se lavar, fazendo com que a poça de água no chão aumentasse cada vez mais, os dois homens se aproximaram de mim e tomaram meus braços, um de cada lado. A princípio resisti, mas por fim me acalmei com o sorriso deles e as tantas mesuras repetidas.

Atravessamos a sala, contornamos a mesa e nos dirigimos para a parede que se situava ao fundo. Apenas reparei no puxador redondo quando já nos encontrávamos muito próximos. Permanecemos parados por alguns instantes diante da porta que não conseguira distinguir até que, como anteriormente, alguém bateu do outro lado.

Desta vez, a porta abriu-se para o interior. À medida que se abria, deparei-me com uma visão cada vez mais ampla de estantes repletas de livros. Senti duas mãos empurrarem minhas costas suavemente. Entrei numa nova sala, desta vez com menos relutância.

Se alguém abriu a porta, permaneceu atrás dela. As paredes estavam todas cobertas de livros, do chão até o teto. Nesta sala, o mobiliário era ainda mais escasso. Do lado esquerdo, perto do meio da parede, estava uma poltrona solitária, forrada com veludo idêntico ao do corredor. Sentado nela e curvado para a frente, encontrava-se um homem de cabelos grisalhos.

Ele se levantou assim que eu entrei, virou-se para a estante e começou a percorrer a fila de livros que se encontrava à altura do seu rosto com o dedo. A busca foi breve. Retirou um livro da prateleira e regressou à poltrona.

Quando a mão dele avançou na direção da capa do livro com o propósito de abri-lo, eu abri a boca para gritar: "Não faça isso!". Mas não consegui emitir qualquer som. Quis me jogar sobre ele e arrancar o último livro das suas mãos, mas meu corpo já não me obedecia. Fiquei enraizado onde estava, junto à porta aberta, assistindo, impotente.

O velho abriu o livro e folheou-o brevemente. No momento em que parou em uma das páginas e ficou cativado pela leitura, começou a se dilacerar. Seu corpo começou a se desfazer aos pedaços, como se fosse constituído por inúmeras esferas. Começando pelos pés, as esferas que caíram evaporaram-se antes de atingir o chão.

O homem estava encolhendo rapidamente diante dos meus olhos. Depois das pernas, foi a vez do tronco. Assim que os ombros se desintegraram, a dilaceração parou de repente. A visão de uma cabeça e de dois braços sem ligação entre eles, com as duas mãos ainda a segurar o livro, era ainda mais aterradora do que a da própria dilaceração. Eu queria gritar, mas continuava a não controlar minha voz.

Quando já não restava nada além do livro na poltrona, um grito irrompeu finalmente do meu interior. Os grilhões que pareciam prender meu corpo caíram nesse mesmo instante. Fugi da biblioteca, mas o que me aguardava na primeira sala apenas serviu para intensificar o pesadelo.

Duas peças de xadrez estavam sentadas à mesa, em vez dos dois homens que me tinham segurado. O rei das brancas estava embrulhado num casaco axadrezado, e o rei das pretas estava vestido com um casaco de mandarim vermelho-escuro. Ambas as peças me cumprimentaram com uma mesura, a branca ligeiramente e a preta profundamente.

Ouviu-se um risinho abafado proveniente da pia. Quando a mulher se virou, levantei meus olhos. Mas não vi o seu rosto. No lugar dele, estava uma superfície lisa de pele com água escorrendo, como se seu rosto tivesse se apagado com a força de ter sido esfregado freneticamente.

Deixei escapar mais um grito e corri para a porta. No momento em que não consegui abri-la, dedos gelados de medo agarraram meu peito. Enquanto o risinho aumentava de intensidade às minhas costas, comecei a puxar a maçaneta da porta desesperadamente. De repente, ocorreu-me o que tinha de fazer.

Talvez uma pancada tivesse bastado, mas o terror que sentia fez com que eu batesse repetidamente na porta com os punhos fechados. Ela se abriu instantaneamente. Saltei para fora como se tivesse molas nos pés e corri pelo corredor afora a gritar, sem me atrever sequer a olhar para o que estava acontecendo atrás de mim.

14

Quando me sentei direito na cama com os olhos bem abertos, meus ouvidos ainda estavam preenchidos pelo grito do meu sonho. Percebi nesse mesmo instante que algo estava errado, mas decorreram uns bons momentos de agitação febril antes que eu descobrisse do que se tratava. Tive que balançar a cabeça para que o sonho, que ainda habitava a margem da minha consciência, se dissipasse. Não estava no meu quarto.

Estremeci quando uma mão me tocou no ombro.

– Estava sonhando – disse Vera docemente.

Virei-me e fiquei olhando para ela, mas apenas conseguia discernir os contornos de sua cabeça levantada na escuridão. Felizmente ela não conseguia me ver muito melhor, senão a expressão do meu rosto certamente a teria assustado. Voltei a me afundar lentamente no travesseiro.

Ela afagou meu rosto.

– Foi muito terrível?

– Não me lembro da última vez que tive um pesadelo.

– Talvez o meu quarto não te agrade.

Toquei em seus cabelos.

– É muito mais bonito do que o meu.

– Então vamos ter que verificar bem isso. Posso acender a luz?

– Como é possível que um inspetor de polícia tenha medo do escuro?

– Eu nunca gostei de inspetores que nunca têm medo de nada.

– Eu não disse que não tinha medo de nada.

– Muito bem, então do que é que tem medo, senhor inspetor destemido?

– Do escuro.

Ela soltou um risinho e bateu suavemente na minha barriga. Depois aninhou-se junto a mim. Pus meu braço direito em volta dela.

– Às vezes também tenho pesadelos. E sabe qual é a parte pior?

– Qual é?

– É acordar e perceber que não tem mais ninguém no quarto.

Virei a cabeça e beijei-a na têmpora.

– Agora não é mais assim. Já pode ter todos os pesadelos que quiser.

Desta vez, ela me fez cócegas na barriga.

– Estava sonhando com o quê?

– Com uma coisa ridícula. Você sabe como são os pesadelos.

– Parece que os meus costumam ter sempre um significado. O problema é que nunca consigo compreendê-los verdadeiramente.

– Pensei que isso só acontecesse na literatura.

Ela riu novamente.

– Não disse que tudo isso se assemelhava a algo que já leu antes?

Baixei um pouco minha mão e fiz cócegas em sua cintura. Ela soltou uns gritinhos, contorceu-se e colocou a perna sobre a minha.

– Ora, aí está. Lembro de ter lido que a personagem feminina principal tinha muitas cócegas. Será que não é melhor testar se isso também ocorre em outras partes do corpo?

Ela balançou a cabeça vigorosamente, mantendo-a encostada sobre o meu ombro.

– Não precisa, não precisa.

Por entre a escuridão e o silêncio, a fragrância da pele de Vera deixou em mim uma impressão mais viva do que todo o resto. Suave, almiscarada, inebriante. Beijei-a no alto da cabeça.

– Eu não sei se o que sonhei tem algum significado, mas sem dúvida me fez pensar. Lembra-se da primeira morte na Papyrus?

– Como é que eu poderia ter esquecido? Foi o sr. Todorović.

– Isso. Será que por acaso se lembra do livro que ele estava lendo quando morreu?

Ela não me respondeu imediatamente. Mas, por fim, senti sua cabeça balançando novamente sobre o meu ombro.

– Acho que não. Estava muito perturbada.

– É natural. Sabe o que pode ter acontecido com o livro depois de os paramédicos terem removido o corpo?

– É provável que eu o tenha colocado novamente na estante. Que outra coisa poderia ter feito?

– Sim, isso me parece o mais natural. Mas não se lembra?

Ela moveu a cabeça do meu ombro para o travesseiro.

– Não, sinto muito. Mas por que motivo o livro do sr. Todorović é assim tão importante?

– Provavelmente nem é tanto assim. Apenas queria verificar uma coisa. E em relação ao segundo caso?

– Quer saber o livro que a mulher estava lendo, é isso?

– Sim, a sra. Mitić.

– Olga é quem deve saber. Mas duvido que ela tenha reparado em alguma coisa, dadas as circunstâncias. Ela entra em pânico ainda mais facilmente do que eu.

– Não o colocou de novo na estante?

– Não, acho que não. Na verdade, tenho certeza que não.

– O mais difícil será determinar qual era o livro que o jovem estava lendo. Ficou misturado com os que ele derrubou.

– Mas por que quer saber? Suspeita de alguma coisa?

– Não, não. Apenas me ocorreu que talvez pudesse existir uma ligação entre as três mortes.

– Um livro?

– Sim. O mesmo último livro.

Vera retirou a perna e afastou-se de mim ligeiramente.

– Mas o que é que isso interessa? Mesmo que tenham lido o mesmo último livro, essas pessoas morreram de morte natural. – Ela hesitou por um breve instante. – Não é verdade?

– É claro que sim. Não há nenhum livro envolvido nessas mortes.

– Então por que não considera o caso encerrado? Por que está à procura de uma ligação entre esses três casos tão infelizes?

– Não estou. Nunca teria pensado nisso se não tivesse tido o pesadelo.

Nenhum de nós disse mais nada durante uns instantes. Depois, Vera aninhou-se junto a mim novamente.

– Bem, então temos que nos certificar de que todos os seus sonhos futuros sejam bons.

15

Durante muito tempo não consegui voltar a adormecer, enquanto Vera, por sua vez, não tardou à dormir. Se estivesse sozinho, teria rolado na cama, mudado de posição, mas tive que permanecer quieto para não acordá-la. Quando sua respiração regular e o calor de seu corpo fizeram com que eu finalmente adormecesse, já estava quase amanhecendo.

Acordei com um beijo na testa. Devo tê-la olhado com um ar tão surpreso que ela desatou a rir.

– Sou apenas eu.

Esfreguei os olhos.

– Bom dia.

– Já amanheceu há muito tempo.

– Que horas são?

– Onze e dez.

Despertei completamente no mesmo instante.

– Tão tarde assim?

– E daí? Hoje é domingo. Será que os inspetores de polícia não podem dormir até mais tarde, pelo menos aos domingos?

– A vida raramente é simpática para os inspetores de polícia.

– Esta é a nossa oportunidade de compensar um pouco essa injustiça.

Vera pegou uma bandeja que se encontrava sobre a mesa de cabeceira junto ao meu travesseiro, esperou que eu me sentasse, colocou-a em meu colo e depois se sentou na beira da cama. Quando levantou a tampa do bule por uns instantes e espreitou o interior, o cheiro da bebida quente misturou-se com o do pão recém-torrado. Voltou a colocar a tampa no lugar, encheu a xícara e começou a adicionar os condimentos.

– Então não fui enganado – eu disse.

– Enganado?

– Era mesmo um convite para tomar chá. Estava começando a pensar que tinha sido apenas um pretexto.

Ela olhou para mim com os olhos cerrados, depois levantou a mão e começou a polvilhar minha cabeça com uma substância esverdeada que deveria ter ido parar na xícara de chá.

Agarrei-lhe o pulso, puxei-o sobre o tabuleiro e o beijei. Fiz tudo suavemente, para que não entornasse o que tinha sobre o colo.

– Há muito tempo ninguém me trazia café da manhã na cama.

Quando sorriu, todas as sardas do seu rosto pareceram sorrir simultaneamente.

– Há muito tempo ninguém na minha vida mereceu que eu trouxesse café da manhã na cama.

Peguei a bandeja e voltei a colocá-la sobre o criado-mudo. O café podia perfeitamente esperar mais um pouco. Mas então soou o último som que eu desejava ouvir.

Olhamos um para o outro. Um olhar de frustração cruzou-lhe o rosto e o meu encheu-se de remorso. Ela se levantou, dirigiu-se para a cadeira onde eu tinha deixado meu casaco apressadamente na noite anterior, tirou meu celular do bolso e estendeu-me.

– Alô? – disse eu com voz cortante.

– É o dr. Dimitrijević. Peço desculpas por incomodá-lo numa manhã de domingo. Temos que nos encontrar.

– O que aconteceu? – perguntei num tom de voz mais suave.

– Ocorreu mais uma morte sem causa aparente.

– O quê? Onde?

Vera sentou-se novamente na beira da cama.

– Desta vez não foi na livraria. É melhor que venha até o instituto.

– Estou a caminho.

Olhei para o celular, terminei a chamada pressionando a tecla com o polegar e suspirei.

– Devia ter deixado desligado.

– Os inspetores de polícia têm autorização para ficar incomunicáveis?

– Os que estão sempre disponíveis acabam por ficar sem vida pessoal.

– Aqueles que pretendem ter vida privada não se tornam inspetores de polícia. Dedicam-se a outras coisas, como a literatura, por exemplo.

– Mas se o meu trabalho fosse ligado à literatura, será que teria conseguido atrair a atenção de uma linda proprietária de livraria?

– O fato de ter atraído a atenção de uma linda proprietária de livraria não teve nada a ver com o seu trabalho.

– Então teve a ver com o quê?

– Agora não tenho tempo para explicar. Você está com pressa, não é?

Ela estendeu as mãos para pegar a bandeja, mas não deixei.

– Não quero ir embora sem provar o chá de figo. – Sorri.

– Às vezes temos que nos contentar com o prêmio de consolação.

– O primeiro prêmio não vai a lugar nenhum. Ficarei à sua espera. De preferência com o celular desligado...

16

Tanto o interior como o exterior do Instituto de Medicina Forense tinham um aspecto proibitivo. Embora cores vivas não fossem as mais apropriadas para a fachada do edifício de dois andares, não havia qualquer motivo para aquele cinza cor de rato doente, que tinha um aspecto fúnebre mesmo nos dias mais ensolarados, quanto mais num dia chuvoso de outono. Assim que entrávamos em seu interior, éramos atingidos por um cheiro penetrante de produtos químicos que nos acompanhava mesmo muito tempo depois de termos saído, impedindo que a ideia de morte provocada por causas não naturais abandonasse nossa mente.

Era um local que não atraía muita gente, mas nesse dia em particular encontrava-se ainda mais vazio. O porteiro mal despregou os olhos da televisão quando lhe mostrei o distintivo. Acenou-me para que entrasse e depois voltou a concentrar sua atenção no jogo de futebol.

Percorri uma série de corredores e subi as escadas que conduziam até o gabinete do dr. Dimitrijević, que seguramente era o que estava mais distante da entrada. Embora caminhasse normalmente, meus passos ecoavam no piso de cerâmica como se eu estivesse marchando. Os mesmos azulejos brancos revestiam as paredes, e todo o resto também se encontrava pintado de branco: o teto, as portas, os corrimãos, a escadaria e as janelas que davam para o pátio interior. Apenas neste lugar, e sobretudo num domingo em que se apresentava vazio, tornava-se clara a fonte do humor cínico do dr. Dimitrijević.

Bati na porta que exibia uma placa de latão com seu nome.

– Entre!

Ele se levantou da mesa onde estava trabalhando assim que entrei. Também em seu escritório o branco era a cor dominante. O armário metálico, que se encontrava à direita, era o único objeto que destoava. Através dos vidros via-se uma multiplicidade de animais de pelúcia, sobretudo coelhos e ursos. Corria o rumor de que cada um deles representava uma das autópsias do médico, e que este abandonaria o trabalho quando não tivesse mais espaço livre no armário.

– Ah, já chegou – declarou ele num tom que não denunciava se era elogioso ou repreensivo. – Vamos até o frigorífico. Minha colega, dra. Vidić, está à nossa espera.

O "frigorífico" era uma sala com gavetões dispostos ao longo de uma parede inteira, onde se conservavam os inquilinos do instituto. A mesa de autópsias estava no centro e seu lado havia uma pequena mesa com rodinhas, cheia de instrumentos que não se destinavam a fazer com que um indivíduo se sentisse melhor. A dra. Sonja Vidić estava sentada em um canto, diante do computador. Ostentava maquiagem carregada para um domingo de manhã. Perto do monitor, repousava uma enorme barra de chocolate.

Quando nos encaminhamos em sua direção, ela se levantou.

– Olá – cumprimentei.

Ela respondeu com um aceno de cabeça e um sorrisinho estranho, enquanto se apressava em lamber o chocolate que tinha grudado nos dentes.

– Foi a dra. Vidić quem descobriu este novo caso – anunciou o dr. Dimitrijević.

– E tudo graças a você – disse ela, por fim. Sua língua não tinha sido suficientemente eficaz.

– A mim?

– Incutiu-me a dúvida. E à primeira vista juraria novamente que a causa da morte tinha sido um ataque cardíaco. Mas a autópsia não revelou absolutamente nada. Não havia qualquer motivo para que a mulher morresse.

– Onde é que ela morreu?

– Em casa. Era viúva e vivia sozinha. O marido morreu há muito tempo, num acidente de automóvel, e ela nunca voltou a se casar. Foi a faxineira, que costumava ir aos domingos, quem comunicou sua morte. Primeiro tocou a campainha, e como ninguém respondeu, abriu a porta com a própria chave. Encontrou-a no chão da sala de estar. Estava morta há cerca de trinta e seis horas.

– Então morreu na sexta-feira à noite?

– Sim. Provavelmente entre oito e meia-noite. É difícil ser mais preciso.

Meditei brevemente sobre o assunto.

– Posso vê-la?

– Com certeza.

Ela abriu uma das gavetas, de onde escapou uma onda de ar frio. Depois puxou o lençol, descobrindo a cabeça. A mulher devia ter uns cinquenta e cinco anos e tinha o cabelo negro e comprido. A morte sempre enfeia os rostos, mas via-se que ela cuidava da aparência.

Acenei com a cabeça e a dra. Vidić voltou a fechar a gaveta.

– Conhece-a? – perguntou-me a médica.

– Não.

– Pelo visto, as coisas estão se complicando – disse o dr. Dimitrijević.

– Já não estamos confinados à livraria.

– Espero que não seja uma epidemia – acrescentou a dra. Vidić.

– De quê? – indaguei.

Ela encolheu os ombros.

– De mortes sem motivo.

Eu anuí com a cabeça, olhando na direção da gaveta fechada.

– O que descobriu sobre ela?

A dra. Vidić dirigiu-se à mesa do computador e pegou um bloco de notas. Virou uma série de páginas.

– Era curadora no Museu de Arte Moderna...

– Dragana Stojanović?

Ela levantou os olhos do bloco de notas.

– Já ouviu falar dela?

– Sim, ouvi ontem pela primeira vez.

Ambos olharam para mim com ar espantado.

– Não se trata de uma epidemia. Continuamos confinados à livraria. A sra. Stojanović pode ter estado lá na sexta-feira à noite.

– Quando o jovem morreu? – perguntou-me o dr. Dimitrijević.

A dra. Vidić folheou novamente o bloco de notas.

– Lazar Žigić, estudante de veterinária.

– Sim. Diga-me, encontrou algum livro junto ao corpo da sra. Stojanović?

A dra. Vidić refletiu por uns instantes.

– Acho que não, mas não tenho certeza.

– A faxineira limpou a sala antes de o socorro chegar?

– Não me parece provável. Estava muito aflita.

– Ela permaneceu no apartamento ou saiu com vocês?

– Saímos todos juntos. Tranquei a porta com a chave dela.

– Importa-se de me emprestar a chave? Gostaria de dar uma olhada no local.

– Claro que não.

Ela voltou novamente para junto da mesa, pegou um envelope branco de tamanho médio e sacudiu-o até cair uma chave sobre a palma da mão. Depois escreveu qualquer coisa no bloco de notas, rasgou a folha e deu-me com a chave.

– Aqui tem o endereço.

Eu sorri.

– Obrigado.

– Por que motivo precisa saber se havia algum livro junto ao corpo? – perguntou o dr. Dimitrijević.

– Porque, na ausência de soluções simples, talvez tenhamos de recorrer a outras mais complicadas.

– Onde quer chegar?

– Referiu-se a determinadas substâncias que podem matar sem deixar rastro.

– Sim, é verdade. Mas também disse que era impossível consegui-las. A não ser que esteja insinuando que a Agência de Segurança Nacional esteja envolvida neste assunto.

– Por enquanto, deixemos de lado as questões de como colocar a mão nas substâncias e de quem pode estar envolvido nesse assunto. Neste momento estou mais interessado em saber como é que poderiam ter sido usadas.

– Isso depende da substância. Se fosse um líquido, bastaria aspergir algumas gotas num local onde pudessem entrar em contato com a pele. Se fosse um pó, bastaria polvilhar uma pequena quantidade num local que previsivelmente viesse a ser manuseado.

– E em ambos os casos não poderia ser um livro?

– Sim, seria perfeitamente possível.

– Quer dizer – interveio a dra. Vidić – que pode ser obra de alguém que pretende imitar *O nome da rosa*?

Sorri-lhe novamente.

– Não sabia que gostava de literatura.

– Por acaso achou que eu me interessasse apenas por autópsias?

– Claro que não...

– Se isso for verdade – disse o dr. Dimitrijević, vindo em meu socorro –, então estamos metidos numa grande confusão, embora não entenda como é que alguém poderia colocar as mãos em semelhantes substâncias. Talvez eu deva fazer algumas perguntas a amigos que têm contatos com a agência.

– Isso seria de uma enorme utilidade. Mas seja discreto. Não há necessidade de alarmá-los inutilmente. Posso estar procurando pelo em ovo.

– Com certeza.

– Excelente. Então agora vou ver o apartamento da sra. Stojanović.

A dra. Vidić dirigiu-se ao armário que se encontrava perto do computador e retirou um par de luvas de látex.

– É melhor levá-las. Mesmo que não encontre pelos no ovo, não sofrerá qualquer dano.

17

Nunca tinha visto antes tantos quadros num único cômodo. As paredes da sala de estar estavam cobertas desde o chão até o teto por molduras de vários tamanhos, que se encaixavam umas nas outras como peças de um mosaico, sem deixar qualquer espaço vazio entre elas. Era difícil me concentrar apenas num quadro, porque os outros, dispostos ao redor, entravam obrigatoriamente no meu campo de visão. Este quebra-cabeças multicolorido era interrompido apenas num local, entre duas janelas altas, por uma estante estreita, repleta de livros. A maioria versava sobre história da arte, mas também havia obras literárias. Eram todas edições de luxo, sem exceção. Nenhum objeto barato combinaria com tão valiosa galeria.

Fitei a coluna de livros, que era anormalmente alta. À primeira vista não pareciam dispostos em nenhuma ordem especial. Mas isso seria muito pouco característico da sra. Stojanović. Depois percebi que existia realmente uma ordem, embora não fosse a que eu esperava. Os livros não estavam organizados pelos títulos, e sim pelos autores.

Retirei o celular do bolso e tirei algumas fotografias. Minha intenção era observá-las mais tarde no computador, mas a impaciência levou a melhor. Afinal, não tinha assim tanta pressa de sair dali. Aproximei-me da estante e percorri com os olhos as lombadas da prateleira de cima.

Cheguei à metade inferior da estante sem descobrir qualquer desvio na sequência alfabética do nome dos autores. Por um momento, considerei a hipótese de desistir, mas resolvi continuar. Na penúltima prateleira, senti o gosto amargo da desilusão. Foi como se tivessem quebrado uma promessa que me tivessem feito.

Por fim, acabei por constatar que a promessa tinha mesmo sido cumprida. A ordem encontrava-se finalmente alterada na última fila. Tive vontade de gritar: “Eureka!”. Se existe alguma coisa que me anima no trabalho de inspetor de polícia são momentos como esses, quando a persistência teimosa dá frutos. Quando uma busca aparentemente sem sentido acaba por se revelar não completamente desprovida de significado.

Sentei-me no chão para ver melhor. Os últimos quatro livros não deveriam estar ali. Os nomes dos autores revelavam que pertenciam às prateleiras de cima. Juntei rapidamente as primeiras letras... e o vento desenfunou as minhas velas. O que obtive não formava nada que fosse coerente.

Em seguida tentei fazer um acrônimo com os títulos, mas também não cheguei a lugar nenhum. Fitei os quatro livros por um instante, frustrado, e depois peguei um lápis e anotei o nome do autor e o título dos livros. Era uma maneira mais prática de visualizá-los assim, ao invés de vê-los escritos na vertical, em suas lombadas.

Antes que pudesse abordar o enigma da lista no meu bloco de notas, o telefone que se encontrava numa mesa de canto começou a tocar. Ergui os olhos, sem saber o que fazer. O telefone tocou mais duas vezes, enquanto me levantava do chão. Ao caminhar em sua direção, a secretária eletrônica entrou em funcionamento.

A voz feminina gravada no aparelho pronunciou uma mentira inadvertida. Infelizmente, ela não poderia ligar de volta. Soou um sinal e a seguir ouviu-se uma voz masculina que me fez estacar no meio caminho.

– Tenho notícias maravilhosas, sra. Stojanović – disse o duplo de Albert Einstein. – Está aqui! Desta vez não restam quaisquer dúvidas! Poderá vê-lo esta noite! No lugar de sempre, às nove. Todos estarão presentes. Estamos muito entusiasmados. Imagine só! O último livro! Finalmente! Vamos ficar à sua espera! – Calou-se por uns instantes e depois acrescentou rapidamente: – Não tente fazer nada sozinha. Sabe que é muito perigoso.

Depois de desligar, ouviu-se um novo sinal e a seguir o mais completo silêncio. Eu permanecia no meio da sala, com um pé à frente do outro. A voz e aquilo que dissera constituíam uma enorme surpresa, mas esse não era o motivo pelo qual me encontrava paralisado. Uma das palavras que ele proferira destacava-se das outras, como se tivesse sido escrita em itálico. Apesar de esse fato ser óbvio, eu não o tinha reconhecido imediatamente.

Quando finalmente caí em mim, empunhei rapidamente meu bloco de notas e assinalei quatro letras. Nada. Depois outras quatro. E o significado revelou-se finalmente. Existia um acrônimo, mas não era composto pelas primeiras letras, e sim pelas últimas. Teria me escapado completamente se o professor Nedeljković não tivesse empregado esse adjetivo, embora eu tivesse obrigação de ter adivinhado. Os livros também eram os últimos da prateleira.

Primeiro tentei com os títulos, sem sucesso. Enfim, a mensagem surgiu nas últimas letras do nome dos autores.

Uma mensagem muito curta.

DEVO.

Libertei-me do torpor, virei-me, regressei para junto da estante e me ajoelhei. Estendi a mão na direção da prateleira de baixo, mas a recolhi antes de tocar nos livros. Tirei do casaco as luvas que a dra. Vidić me tinha dado e as vesti.

Queria retirar o primeiro dos quatro livros, mas quando o peguei, percebi que não estava perfeitamente na vertical. Verifiquei a penúltima prateleira e as outras duas mais acima. Os livros achavam-se todos bem apertados uns contra os outros. A última prateleira também parecia estar disposta da mesma forma, mas era uma mera ilusão. Alguém tinha retirado um livro do lugar, mas era impossível determinar o local exato, uma vez que os outros tinham sido reorganizados de maneira que todos os espaços parecessem preenchidos.

Levantei-me e dei uma olhada por toda a sala. Não havia livros fora da estante. Pensei em procurar nos outros cômodos, mas meu celular no bolso tocou precisamente nesse momento.

– Alô?

– É o dr. Dimitrijević. Importa-se de passar por aqui outra vez? O comissário Milenković, da Agência de Segurança Nacional, está aqui comigo.

18

O porteiro do Instituto de Medicina Forense era agora um modelo de eficiência. A presença de dois agentes no hall de entrada tinha seguramente alguma influência nisso. A televisão estava desligada e ele se mantinha de pé sem que isso fosse necessário. Examinou atentamente meu distintivo, embora não o tivesse feito uma hora antes. Por fim, acenou com a cabeça. Passei pelos agentes e dirigi-me ao escritório do dr. Dimitrijević.

Ele me cumprimentou com a mesma frase ambígua da vez anterior.

– Ah, já chegou.

– Vim o mais depressa que pude – respondi.

Indicou a cadeira vaga que se encontrava diante da sua mesa.

– Sente-se, por favor. Deixe-me apresentar-lhe o comissário Milenković.

Apertamos as mãos antes de eu me sentar. O comissário Milenković era um homem de baixa estatura, careca e atarracado, na casa dos cinquenta anos. Se o tivesse encontrado noutro lugar qualquer, nunca pensaria que trabalhasse para a Agência de Segurança Nacional. Parecia mais um barbeiro ou um dentista. Mas que polícia secreta iria querer que seus membros fossem facilmente identificáveis?

– Os patologistas da agência encontram-se neste momento no frigorífico. Estão analisando nossas descobertas, resultantes da autópsia.

– Não confiam na sua experiência profissional?

– Confiamos – respondeu o comissário Milenković. – Mas estamos mais bem equipados.

– Isso quer dizer que vão tomar conta do caso?

– Não. Prossiga com a investigação. Trabalharemos juntos.

– Nunca pensei que este caso pudesse interessar a vocês.

– Interessa-nos tudo o que possa constituir uma ameaça para a segurança nacional.

– Acreditam mesmo que estamos lidando com uma coisa assim tão séria?

– Talvez não. Mas somos pagos para ser paranoicos. Não podemos descartar nenhuma possibilidade.

– Terrorismo?

– Entre outras coisas. Por favor, conte-nos o que já descobriu.

– Quase nada. Temos três mortes na livraria Papyrus e uma fora de lá, e todas ocorreram num curto espaço de tempo. O que têm em comum é a ausência de uma causa que as justifique. Certamente o dr. Dimitrijević já explicou os aspectos médicos do caso.

– Expliquei que não tínhamos descoberto nada – declarou o médico. – Ficaremos sabendo muito em breve se nossos colegas da agência tiveram melhor sorte. Como disse o comissário, estão mais bem equipados.

– A Papyrus possui alguma característica que a diferencie das outras livrarias? – perguntou o comissário Milenković.

Encolhi os ombros.

– Talvez o fato de se preocuparem com literatura séria. Mas isso não é relevante para o assunto que temos nas mãos.

– Nunca se sabe. Estudou literatura, não é verdade?

Fiquei olhando para ele por alguns instantes antes de responder.

– Está bem informado.

– É o meu trabalho. Os acontecimentos ocorridos na Papyrus fazem-lhe lembrar de alguma obra literária?

Olhei de relance para o dr. Dimitrijević, que baixou os olhos.

– Se estiver se referindo a *O nome da rosa*, existem algumas semelhanças.

– Importa-se de me fazer um resumo do livro?

– Nunca leu?

– Não sou um grande leitor.

– Que pena. Ficaria ainda mais bem informado.

– Tentarei ler. Entretanto, agradeço se me fizer um resumo.

– Acontece uma série de assassinatos num mosteiro medieval. Descobre-se que são causados por um livro, cujas páginas estão impregnadas com veneno. As vítimas lambem os dedos para virar as páginas e é assim que são envenenadas.

– Inteligente. E neste caso? Existe algum livro que faça a ligação entre os quatro assassinatos?

– Os três que morreram na livraria estavam lendo um livro no momento da morte, mas até onde sabemos esse não foi o caso da mulher que morreu no apartamento.

– Mas ela era uma cliente habitual da livraria, não é mesmo?

– Sim.

– Os outros três leram o mesmo livro?

– Isso não sabemos. Ninguém prestou atenção a esse pormenor.

– Que pena.

– Saber o que estavam lendo talvez não tenha tanta importância assim. Não é necessário que tenha sido um livro, como em *O nome da rosa.*

– Tem razão – o comissário Milenković anuiu com a cabeça depois de pensar um pouco. – Podem ter sido vários livros.

– Seja por causa de um livro ou de mais de um – disse o dr. Dimitrijević –, se for uma imitação de *O nome da rosa,* então estamos diante de um adversário muito sério, que tem acesso a um veneno que é dificílimo de se detectar, se não completamente impossível. Acredita que algum terrorista possa ter se apoderado de uma arma como a que acabamos de descrever?

– É improvável, mas não completamente impossível. É fundamental descobrirmos qual foi a substância utilizada. Só assim poderemos determinar a sua origem, para depois seguirmos o rastro.

– Se é que alguém usou mesmo alguma coisa – disse eu em voz baixa.

O comissário lançou-me um olhar interrogativo.

– O que quer dizer com isso?

– Que talvez este caso não tenha nada a ver com *O nome da rosa.*

– Tem por acaso outra teoria sobre como quatro pessoas podem morrer sem causa aparente?

Balancei a cabeça.

– Não, não tenho.

– Tudo bem. Então temos de nos concentrar na única teoria que possuímos por ora.

Ouviu-se o som de um celular tocando, mas era diferente do meu. O comissário Milenković enfiou a mão no bolso.

– Sim?

Manteve-se em silêncio por uns instantes, ouvindo seu interlocutor com os olhos semicerrados. Depois voltou a enfiar o celular no bolso.

– Querem falar comigo na sala de autópsias.

– Quer que o acompanhemos? – perguntou o dr. Dimitrijević.

– Não, não. Esperem por mim aqui, por favor.

Virei-me para o médico depois de o comissário ter saído. Ele não esperou pela minha pergunta.

– Não fui eu que os chamei, se é isso que está pensando. Sequer tive a chance de telefonar para os meus amigos que têm contatos com a agência.

– Então o que é que se passou?

Ele abriu os braços.

– Não faço a mínima ideia. Estão por todo lado. – Parou e depois soltou um riso abafado. – A não ser que tenham lido nos tabloides.

Assenti com a cabeça.

– Isso é mais do que provável.

– Havia alguma coisa interessante no apartamento da sra. Stojanović?

– Alguém vai ficar feliz por ela ter morrido. Os parentes vão herdar uma gigantesca coleção de arte.

– Encontrou algum livro?

– Uma estante cheia deles.

– Houve algum que lhe chamou a atenção?

– Não tive tempo. Assim que comecei a olhar, recebi sua chamada para vir para cá.

Meti a mão no bolso para devolver a chave do apartamento da sra. Stojanović, mas em vez disso peguei o celular, que começara a tocar de repente.

– Alô?

– Inspetor Lukić – disse o comissário Milenković –, precisamos dar uma olhada na livraria Papyrus. Faria o favor de ligar para a srta. Gavrilović e pedir que ela nos abra a loja?

– Com certeza – respondi após uns momentos de hesitação. – Já ligo de volta.

Enquanto esperava que Vera me atendesse, uma série de perguntas invadiu minha cabeça. Como é que eles sabiam o nome de uma das proprietárias da Papyrus? Por que motivo quiseram que eu ligasse especificamente para ela e não para a srta. Bogdanović? E por que razão presumiam que eu sabia o número do telefone particular de Vera?

– Olá, Vera, é o Dejan. Importa-se de ir até a Papyrus agora mesmo? Meus colegas querem dar uma olhada na livraria. Acharam que seria melhor num domingo, quando não há clientes.

– Aconteceu alguma coisa? – perguntou Vera, com uma voz submissa.

– Depois te conto tudo. Eu também vou estar lá.

O telefone ficou silencioso por uns instantes.

– Está bem. Chegarei lá dentro de quinze minutos.

Apertei o botão para ligar para o último número que me telefonou.

– A srta. Gavrilović estará na Papyrus dentro de quinze minutos.

– Excelente. Obrigado. – Pensei que ele iria terminar a conversa, mas depois acrescentou: – Só mais uma coisa, inspetor. Já ouviu falar do último livro?

– Do último o quê? – indaguei, desejando desesperadamente que minha voz não me denunciasse.

– Não tem importância – replicou o comissário uns instantes mais tarde. – Falaremos sobre isso outra hora. Também virá conosco à Papyrus, não?

– Evidentemente.

19

Além do comissário Milenković, saíram mais sete membros da Agência de Segurança Nacional do edifício do Instituto de Medicina Forense: três mulheres e quatro homens. Entraram em dois carros que tinham mais o aspecto de usados do que de novos, de cores e modelos bem diferentes e que não estavam propriamente muito limpos. Segui-os de perto no meu carro, juntando-me àquela coluna insuspeita.

Quando chegamos, Vera já se encontrava na livraria. Estava junto ao balcão. Apertei o passo para ser o primeiro a entrar. Aproximei-me dela, sorri e acariciei-lhe a mão esquerda.

– Está tudo bem.

Minhas palavras não conseguiram aliviar seu ar preocupado.

O comissário Milenković veio em nossa direção, enquanto os demais se espalhavam pela livraria, inspecionando as estantes. Um dos dois agentes que se encontravam no hall do instituto permaneceu junto à entrada.

– Olá – cumprimentou o comissário com um sorriso. – Presumo que seja a srta. Gavrilović, certo?

Ela anuiu com a cabeça e apertou a mão que ele lhe estendera.

– Comissário Milenković – disse eu, apresentando-o. – Agência de Segurança Nacional.

Os olhos de Vera estreitaram-se.

– Nunca tínhamos recebido a polícia secreta aqui, pelo menos até hoje.

– Porque nunca houve motivo para isso antes – respondeu o comissário.

– E agora há?

– Raramente morrem pessoas em livrarias. A Papyrus constitui uma exceção. Quatro mortes em três dias constituem um motivo mais do que suficiente.

Vera olhou primeiro para o comissário e depois para mim, absolutamente espantada.

– Foram três, não quatro – corrigiu ela num tom meio interrogativo.

– Ainda não lhe contou?

– Não tive oportunidade.

– O que é que não me contou?

– A sra. Dragana Stojanović – comecei eu lentamente. – A curadora... sua velha cliente... lembra-se?

– Sim?

– Morreu. No apartamento dela. Sexta-feira passada.

– Oh!

Vera cobriu a boca com a mão.

– Sem causa aparente – acrescentei. – Não é mesmo, comissário?

Ele olhou para mim por breves instantes, mas não chegou a responder.

– Como pode ver – disse ele, dirigindo-se a Vera –, existem motivos muito convincentes para examinar a Papyrus. Com a sua permissão, evidentemente.

– Evidentemente – repliquei eu. – A srta. Gavrilović não faz questão que lhe apresentem um mandado de busca.

O comissário sorriu novamente.

– Vamos embora logo. Importa-se de permanecer nas redondezas? É bem possível que tenha de lhe fazer algumas perguntas.

Vera anuiu com a cabeça.

– Excelente. Recomendo o Salão de Chá Mandarim. Fica aqui perto. Seguramente já ouviu falar dele. Tem uma seleção de chás magnífica. Dizem que o chá de figo é particularmente bom. Tenho a certeza de que o inspetor Lukić ficaria encantado de lhe fazer companhia. Vou encontrá-los assim que terminar.

20

Começamos a percorrer a rua. Vera estendeu-me o guarda-chuva, mas não me deu o braço. Nossos ombros nem chegaram a se tocar.

Enquanto eu procurava as palavras certas, ela se antecipou. Falou com uma voz fria e tensa.

– O que é que isso tudo significa, Dejan?

Passei o guarda-chuva para a mão esquerda e pus meu braço direito em volta do seu ombro. Achei que ela fosse oferecer alguma resistência, mas isso não aconteceu.

– Vou te contar tudo o que sei. Mas não sei grande coisa.

Ela parou e me lançou um olhar penetrante. Permanecemos alguns momentos naquela posição.

– Como é que ele sabe do salão de chá? – perguntou ela depois de retomarmos a marcha. – E mais especificamente do chá de figo?

Abanei minha cabeça.

– Não faço a mínima ideia. Apenas posso tentar adivinhar. Acho que ele disse isso para te deixar preocupada. É um velho truque das polícias secretas. Uma maneira de mostrar que sabem muito sobre você.

– Então me diga qual é o seu palpite.

– Temo te preocupar ainda mais.

– Não tem importância.

– Alguém deve ter contado a ele sobre nossa visita ao Salão de Chá Mandarim.

– O proprietário? – perguntou ela, incrédula.

– Não podemos excluir ninguém, mas duvido.

– Então quem pode ter sido?

– Também estava lá um casal.

Ela virou a cabeça na minha direção e me olhou, bastante confusa.

– Não me lembro.

– Não prestou atenção. Estava preocupada com outras coisas.

Sua voz adquiriu um ligeiro tom de reprimenda.

– Pensei que também estivesse.

– E estava, evidentemente. Mas isso não fez com que o meu poder de observação esmorecesse. Os inspetores de polícia, mesmo quando se apaixonam, permanecem inspetores de polícia numa parte do seu cérebro.

Quando ela se agarrou a mim, parecia tremer.

– Mas por que diabo haveria a polícia secreta de nos seguir?

– Parece-me claro que andam interessados na Papyrus já há algum tempo.

– Quer dizer desde que as mortes começaram?

– Provavelmente até antes.

– Mas que interesse poderá ter uma livraria comum para a Agência de Segurança Nacional?

– Talvez não seja assim tão comum.

Ela parou novamente por uns instantes.

– O que quer dizer com isso? Você está me assustando, Dejan.

Apertei-a nos meus braços com mais firmeza.

– As mortes são tudo, menos comuns.

– Mas você não disse que foram causas naturais? Há pouco me confundiu quando disse... sem causa aparente. O que isso significa?

Tínhamos acabado de chegar ao salão de chá. Quando ela esboçou o movimento de entrar, eu a detive. Ela me lançou um olhar interrogativo.

– Andemos mais um pouco. Assim, com esta chuva, é bastante romântico.

Ela abriu a boca para começar a falar, mas esperou até que tivéssemos avançado mais um pouco.

– Por que não entramos? – perguntou por fim, num tom de voz desnecessariamente baixo. – Estou com frio.

– Porque é bem possível que não pudéssemos falar à vontade.

– Acha que iriam nos espionar novamente?

– Não necessariamente. Talvez nem tenham feito isso da primeira vez.

– Mas, então, como é que poderiam...?

– Falamos sobre o salão de chá e o chá de figo numa conversa telefônica.

Avançamos mais um pouco em silêncio.

– Quer dizer que estamos sob escuta?

– É o procedimento habitual.

– E ainda dizem que não vivemos num estado policial.

– Num estado policial em que a própria polícia é sujeita a escutas.

– Mas como é que conseguiram nos escutar no salão de chá? Naquela ocasião não estávamos ao telefone.

– Podem ter escondido um microfone em algum lugar. É outra coisa que eles fazem frequentemente.

Vera abanou a cabeça.

– Não posso acreditar numa coisa dessas. Mas mesmo assim temos de ir para o salão de chá. O comissário disse que vai para lá.

– Vamos um pouco mais tarde. Não temos pressa.

Caminhamos em silêncio mais um pouco. O som dos carros passando periodicamente perto de nós juntou-se à batida regular da chuva e ao chapinhar dos nossos passos no piso molhado. A rua deserta entendia-se à nossa frente.

– Então?

– O que foi?

– O que significa "sem causa aparente"?

– Significa que não existiu uma causa medicamente comprovável para qualquer uma das quatro mortes. Pelo menos, que o dr. Dimitrijević conseguisse descobrir.

– Não consigo entender.

– E eu também não. Talvez a equipe do comissário Milenković consiga descobrir o que se passou. Está mais bem equipada do que os patologistas comuns.

Ela pensou durante um minuto, antes de passar à pergunta seguinte.

– Suspeitam de alguma coisa?

– A agência nunca torna públicas as suas suspeitas. Mas a partir de uma curta conversa com o comissário, fiquei com a impressão de que acham que pode ser um caso de terrorismo.

Ela parou e se afastou. A metade direita do seu corpo ficou exposta à chuva.

– Terrorismo?

Puxei-a de novo para debaixo do guarda-chuva.

– É o papel principal da agência: garantir a segurança nacional. Estão estudando a possibilidade de um grupo terrorista estar testando uma nova arma biológica.

Pude adivinhar pelos movimentos irrequietos dos seus olhos que ela estava ponderando qual das múltiplas perguntas que haviam surgido faria primeiro.

– Como é que a estariam usando? – inquiriu ela por fim.

– Através de livros, por exemplo. Envenenando algum livro com uma substância invisível extremamente letal. Quem quer que entre em contato com ela, morre. Sem deixar qualquer vestígio.

Ela parou novamente e balançou a cabeça. Executei um movimento semicircular para que nos voltássemos para a direção de onde tínhamos vindo.

– Voltemos para o salão de chá. Já chega de romantismo com este frio.

– Foi por isso que me perguntou que livro meus clientes estavam lendo antes de morrer – afirmou ela ao fim de alguns passos.

– Sim.

– Mas por que a Papyrus?

Encolhi os ombros.

– Talvez por acaso, ou talvez não.

– Se não foi por acaso, o que existe na nossa livraria que possa atrair terroristas?

– Por exemplo o fato de não possuírem um sistema de segurança como nas grandes livrarias.

– Há muito tempo tento convencer Olga de que deveríamos instalar um sistema desses. Mas ela é contra. Não é dada a inovações tecnológicas.

– Também acho que as câmeras pareceriam deslocadas numa livraria como a Papyrus.

– Mas manteriam os terroristas afastados.

– Se é que são mesmo terroristas que estão por trás disso tudo.

Ela olhou para mim com um ar interrogativo.

– Está me confundindo, Dejan.

– Eu mesmo estou confuso. Estou tateando no escuro.

– Quem mais, além de terroristas, poderia estar matando nossos clientes?

– Um assassino em série que estivesse tão bem informado sobre as novas armas biológicas quanto estão os terroristas.

Decorreu pelo menos um minuto antes que ela voltasse a falar. Entretanto, a chuva agravou-se, seguida por um vento forte.

– Por que motivo haveria um assassino em série de escolher a Papyrus? Apenas por não termos câmeras de vigilância?

– Os motivos podem ser mais complexos, e não apenas de natureza prática.

– Por exemplo?

– Podem estar ligados à literatura.

– Mas como é que assassinatos podem estar ligados à literatura?

– Não sei. É apenas um palpite. Embora, como é evidente, ainda não exista qualquer prova de que alguém tenha sido assassinado. Ouçamos o que o comissário Milenković vai ter para nos dizer.

– Temo que ele não nos diga nada. Especialmente se terroristas estiverem envolvidos.

– Se terroristas estiverem envolvidos, vão fechar a livraria por uns tempos. Sem qualquer explicação.

– Mas isso arruinará o meu negócio.

– Eles seriam capazes de arruinar muito mais do que a Papyrus para eliminar uma ameaça à segurança nacional.

Ela suspirou profundamente.

– E se chegarem à conclusão de que não há terroristas envolvidos?

– Nesse caso vão passar o caso para nós. Os assassinatos em série não têm dignidade suficiente para ser tratados pela polícia secreta.

Chegamos ao salão de chá. Puxei a maçaneta para baixo, mas não abri a porta logo de cara.

– Enquanto esperamos pelo comissário, é melhor conversarmos sobre assuntos mais triviais. Sobre chás, por exemplo. Está bem?

Ela me olhou prolongadamente e anuiu com a cabeça.

21

Nunca na minha vida conversei tanto sobre trivialidades. Quando o comissário Milenković finalmente apareceu, eram quase quatro e meia da tarde.

Entretanto, aprendi tudo, com grandes detalhes, sobre os efeitos benéficos medicinais e mais gerais dos chás orientais. Vera começou a conversa e, embora ela fosse uma verdadeira perita, se comparada comigo, seus conhecimentos eram ínfimos quando comparados com os do proprietário. Uma vez que não havia mais clientes na casa de chá, passado algum tempo ele se juntou a nós e ficou sentado à nossa mesa até o comissário chegar.

Ouvir o proprietário foi um grande prazer, não só pelas coisas interessantes que disse, mas também graças à sua maneira de falar. Sua sintaxe deficiente estava cheia de combinações de palavras muito cômicas, e por diversas vezes não consegui evitar umas gargalhadas. Ele não levou a mal e até me acompanhou, embora eu não entendesse o que é que ele considerava tão divertido. Esforçou-se enormemente para nos explicar os efeitos benéficos do chá de lótus. Olhamos um para o outro confusos ao ouvir as expressões "enclausurado", "duro por dentro", "não querer ter nascido". Apenas quando ele apontou para a porta do banheiro e andou com os dedos em círculo várias vezes sobre o relógio de pulso é que Vera conseguiu entender.

– É para prisão de ventre – disse ela, corando.

Ele apresentou uma explicação ainda mais pitoresca sobre as ocasiões apropriadas para utilizar algo que vinha mencionado na lista como sendo chá de pó de borboleta. Debateu-se uns instantes para descobrir as palavras certas, mas ao constatar que não conseguíamos entender, apelou para a mímica. Primeiro descreveu com as mãos a forma de um vaso no centro da mesa e depois fingiu colocar uma flor no seu interior. Interpretada pelo seu dedo em pé, a flor manteve-se firme por uns tempos e depois começou a dobrar-se lentamente, como se estivesse perdendo vigor. Quando o elixir de pó de borboleta foi despejado no vaso, a flor retomou a sua posição em riste novamente.

Percebemos ambos ao mesmo tempo, por isso nenhum de nós teve de explicitar o que aquele chá curava. O rosto do homem irradiou felicidade quando leu na nossa cara que tinha sido de capaz de nos explicar o que pretendia sem utilizar uma única palavra.

Dessa vez não tomamos chá de figo. Quando o pedi, o proprietário nos recomendou algo diferente.

– Chá algas ser bom para cabeça.

Vera franziu o cenho.

– Não estou com dor de cabeça. – Virou-se para mim. – Pelo menos não no sentido literal.

– Este não ser para dor de cabeça. Ser para cabeça trabalhar.

Eu não estava muito certo sobre o que ele queria dizer até provar o chá de algas. Bastaram apenas dois goles para me sentir restabelecido, como se tivesse acabado de acordar de um sono reparador. Fiquei com a sensação de que os meus pensamentos tinham sido envolvidos momentaneamente por um véu que de repente desapareceu, tornando a minha percepção mais clara. Minha cabeça ficou de fato funcionando melhor.

A bebida também teve um efeito favorável em Vera. Não posso saber o que se passava na cabeça dela, mas senti que começou a relaxar. Acabou sua xícara de chá antes de mim e engrenou uma conversa bem animada sobre chás com o velho senhor. Não parecia em nada com a dona de uma livraria que estava sendo revistada pela polícia secreta naquele exato momento.

Quando o comissário Milenković finalmente entrou no salão de chá, Vera o cumprimentou com uma expressão reprovadora e corajosa.

– Está pensando em fechar a Papyrus, comissário? – perguntou ela em tom de desafio, enquanto ele se sentava à nossa mesa.

Em vez de responder, virou-se para o velho anfitrião, que se levantou assim que a porta do salão de chá se abriu e se encontrava agora junto à mesa, sorrindo.

– Um chá de beterraba, por favor.

O proprietário fez uma mesura sem proferir palavra e afastou-se para ir prepará-lo.

– Pensei que preferisse chá de figo.

– Quando temos os triglicérides muito altos, chá de beterraba é excelente. – Apontou para a minha xícara, que ainda continha um resto de chá. – Vocês dois também decidiram variar.

– Este é mais apropriado para longas esperas – continuou Vera no mesmo tom.

Ele olhou para ela em silêncio por breves instantes.

– A Papyrus está mesmo repleta de livros, srta. Gavrilović.

– O que é bastante benéfico para uma livraria. E então, vai fechá-la de vez?

Ele balançou a cabeça.

– Não temos razão para isso.

– Não descobriram nada?

– Nada que exija uma medida tão drástica.

– Então não estamos lidando com terroristas?

O comissário lançou-me um olhar enviesado.

– Pelo visto, alguém a assustou sem necessidade.

– Mas e as mortes súbitas?

– Acontecem.

– Assim com tanta frequência? E ainda mais sem qualquer motivo?

– Sempre existem causas para as mortes. Apenas precisam ser descobertas. Estamos trabalhando nisso.

Vera pegou a xícara. Percebeu que estava vazia apenas quando a levou aos lábios. Voltou a colocá-la no pires.

– Existe o perigo de acontecerem mais?

– Quem poderá prever o futuro?

– E se acontecerem mesmo?

– Então voltaremos a nos encontrar.

O velho anfitrião aproximou-se da mesa trazendo consigo uma bandeja com um pequeno bule e uma xícara. Colocou-os diante do comissário e serviu o chá.

– Cavalheiro esperar bocado, não beber fervente. Fervente não bom para sangue.

– Eu sei. Obrigado.

O comissário pegou a colher e mexeu o chá em silêncio, esperando que o proprietário do salão se afastasse.

– Gostaria de experimentar um pouco de chá de beterraba? – perguntou a Vera, apontando para o bule.

– Não, obrigada. Os meus triglicérides estão ótimos.

– Sorte a sua. Não se importa que eu lhe faça uma pergunta? Às vezes aparecem pessoas com comportamentos excêntricos na Papyrus, não é verdade?

– Comportamentos excêntricos?

– Sim. E para todos os gostos. Um deles me interessa particularmente. Em vez de comprar livros, costuma deixar os dele. Sabe a quem me refiro?

Vera não respondeu imediatamente. Ficou observando os círculos descritos pela colher na xícara do comissário durante uns segundos.

Quando respondeu, o tom era humilde.

– Sei, sim.

– Pode dar algumas informações sobre ele? Como se chama? O que é que ele faz na vida? Onde é que posso encontrá-lo?

– Costumo evitar qualquer tipo de intimidade com os clientes da livraria. Especialmente com aqueles que são excêntricos.

– Não me parece que essa sua regra seja assim tão rígida. Sabia o nome da última pessoa que morreu, bem como o seu local de trabalho. A sra. Stojanović, curadora do museu. Ela também tinha uma certa queda para as excentricidades. Arrumava os livros nas estantes à maneira dela. Não é verdade, inspetor Lukić?

Olhamos um para o outro, olhos nos olhos, até que Vera voltou a falar.

– A sra. Stojanović era uma exceção. Os clientes com comportamentos excêntricos não têm por hábito se apresentar. Muito pelo contrário. De qualquer forma, o homem que costuma trazer os próprios livros não fez isso. Não sei nada sobre ele.

– Gostaria que me ligasse se ele aparecer de novo. Aqui tem o meu número.

Ele tirou uma caneta e um bloco de notas do bolso, escreveu um número, arrancou a página e entregou a Vera.

– Acha que devemos ter cuidado com ele? É perigoso?

– Não será se me telefonar assim que o vir.

– Tratarei de lhe telefonar, sem dúvida.

O comissário parou de mexer o chá, depois fez uma careta e bebeu um grande gole.

– O gosto é horrível, mas é muito saudável. – Pousou a xícara. – O último livro diz-lhe alguma coisa?

Vera olhou para mim antes de responder com outra pergunta.

– Que último livro?

O comissário também virou a cabeça na minha direção por uns instantes.

– Todo mundo fica surpreso quando ouve falar disso.

– Mas disso o quê? – indagou Vera, confusa. – Não estou entendendo.

– Por favor, mantenha os ouvidos bem abertos se alguém mencionar o último livro. Pode ser importante.

– Quer que eu lhe telefone?

– Ficaria muito agradecido.

– Então fui promovida a informante da polícia?

– Não pode esperar ajuda da polícia se não cooperar com ela. Não é verdade, inspetor Lukić?

– Também me disse que iríamos trabalhar juntos. Mas a cooperação não deveria ser, por definição, nos dois sentidos?

– Devia ser o primeiro a saber que neste nosso ofício não podemos dizer tudo.

– Não tudo, mas talvez pudesse dizer alguma coisa. Seria uma maneira de trabalharmos melhor juntos.

O comissário terminou o chá e franziu novamente a testa.

– A melhor maneira de trabalharmos juntos será não me esconder nada. – Levantou-se. – Peço desculpas. Tenho de me retirar. Aqui está a chave da livraria, srta. Gavrilović.

Ele pegou a chave que tinha no bolso do casaco e colocou-a em cima da mesa juntamente com alguns trocados para pagar o chá. Já estava diante da porta quando se virou e voltou. Desta vez tirou uma nota do bolso da calça e colocou-a sobre a mesa junto à chave.

– Já ia me esquecendo. É para pagar o livro. Tomei a liberdade de pegá-lo. Espero que não se importe.

– Mas que livro? – perguntou Vera, perplexa.

– *O nome da rosa*. Disseram-me que é imperdível.

22

Não ficamos por muito mais tempo depois da saída do comissário. O fato de ter ficado limitada a conversas triviais tinha deixado Vera irrequieta.

Quando nos levantamos para sair, o velho anfitrião deu-nos um saquinho com alguns ideogramas inscritos.

– Chá de algas – disse ele com uma mesura. – Talvez cabeça necessite trabalhar quando não no salão de chá.

Desta vez fui eu que paguei, mas a conta era tão baixa que eu me perguntei como é que ele conseguia manter o negócio praticando preços tão baixos e com tão poucos clientes. Com certeza tinha mais clientes à noite, ou em melhores dias.

Quando saímos, esperava-nos um autêntico pé-d'água. Corremos em direção à livraria, segurando o guarda-chuva diante de nós e usando-o mais como um escudo do que para nos cobrir a cabeça. Vera empunhou rapidamente a chave, mas eu agarrei sua mão antes de ela ter a oportunidade de enfiá-la na fechadura.

– Deve estar com fome.

Ela olhou para mim com ar interrogativo, mas depois concordou.

– Estou mesmo. Só tomei o café da manhã.

– Eu nem sequer isso tomei. Vamos comer qualquer coisa.

– Só queria dar uma olhada.

– Pode voltar à livraria mais tarde. – Ela hesitou, por isso acrescentei: – Num restaurante estaremos mais à vontade para conversar.

Ela levou algum tempo até compreender. Dirigiu-se à vitrine, encostou o nariz no vidro e protegeu o rosto com as mãos.

– Não consigo ver nada – declarou ela, dando um passo para trás.

– Vai ver melhor quando as luzes estiverem acesas. Mas não o que eles deixaram para trás. Eles são profissionais. Vamos embora.

Fomos no meu carro. Ela abriu a boca para dizer algo assim que entramos, mas eu levei o dedo aos lábios para silenciá-la. Ela me olhou de soslaio e depois virou-se para a frente, fitando além do para-brisa, que os limpadores varriam furiosamente. Coloquei brevemente minha mão sobre as suas, que estavam entrelaçadas sobre o colo, e sorri quando ela olhou para mim, mas isso não foi suficiente para lhe aliviar a expressão preocupada.

Escolhi um local onde nunca tinha estado antes, num bairro cheio de pequenos restaurantes e cafés. Lá dentro, o cheiro de comida picante e cerveja era intenso. Apenas uma das quatro mesas estava ocupada, sendo servida por uma garçonete extremamente gorda e com bigode. Não gostei da música ambiente, mas felizmente não estava muito alta.

Depois de fazermos o nosso pedido, inclinamos a cabeça sobre a mesa e começamos a falar quase em sussurros. Mas era desnecessário, uma vez que ninguém estava prestando atenção em nós, mas a paranoia já tinha se instalado.

– Isso é medonho – disse Vera. – Minha vida está completamente virada de pernas para o ar.

– É melhor ignorar. Aja normalmente, como antes.

– Mas como, se sei que estou constantemente sendo vigiada?

– Não é você quem está sendo vigiada. A agência está interessada em outras pessoas.

– Se conseguem ouvir tudo o que digo na livraria, é óbvio que estou sob vigilância. – Ela arregalou os olhos quando lhe ocorreu outra coisa. – Talvez consigam também me ver. Eles também instalaram câmeras, além dos microfones, não foi?

Suspirei.

– É provável. Mas se concentre no lado positivo da coisa: agora já não vai precisar discutir com Olga sobre as câmeras de vigilância.

Sua voz subiu ligeiramente de tom.

– Pode achar muito engraçado, mas você também é vítima da agência. Não consegue nem falar no seu próprio carro.

– Seria uma vítima se não soubesse que estava sob escuta. O comissário me avisou previamente.

– Por que diabo um departamento de polícia colocaria escuta em outro? Não fazem parte da mesma equipe?

Passei os dedos pelo cabelo.

– É claro que sim, mas os departamentos existem para poder trabalhar independentemente. É assim que a polícia está organizada. Como é evidente, trabalhamos em conjunto, mas, como pode constatar, essa cooperação é encarada de diferentes maneiras. Algumas vezes ocorre sem percalços; em outras é concretizada por outros meios. Como as escutas, por exemplo. Vendo de fora, concordo perfeitamente que isso parece complicado.

– Muito complicado. Mas deixemos de lado as relações internas da polícia por enquanto. O que significa o fato de não fecharem a Papyrus?

– Significa que provavelmente não descobriram quaisquer vestígios de atividade terrorista.

Fomos interrompidos pela garçonete, que nos serviu a sopa e nos desejou bom apetite. Tinha uma voz inesperadamente aguda para uma mulher da sua estatura.

A fome levou a melhor sobre a curiosidade. Tomamos a nossa sopa em silêncio e mais depressa do que as boas maneiras permitiriam. Vera não voltou a falar até quase termos terminado nosso prato principal.

– Estavam à procura de que tipo de pista?

Encolhi os ombros entre duas garfadas.

– Não sei. De algo relacionado com livros, certamente. Estou certo de que inspecionaram todos.

– Todos? Sabe quantos livros nós temos?

– Muitos, eu sei. Mas também sei que eles são muito eficientes. De qualquer maneira ficaram lá por bastante tempo.

– Se não descobriram nada, então por que motivo nos colocaram sob vigilância? Você me disse que tudo o que não fosse terrorismo não seria suficientemente digno para eles.

– Mas talvez seja mesmo importante.

– Mas o comissário disse...

– O comissário disse muito pouco. Ele é muito hábil em dizer quase nada. Não chegou a afirmar que não se tratava de terrorismo. Se não descobriram nada e mesmo assim continuam interessados na Papyrus, isso significa que a possibilidade de ser terrorismo ainda está em jogo.

Vera mastigou com ar pensativo durante alguns momentos.

– Não seria melhor fecharem a Papyrus?

– Por quê?

– O fato de eles não terem encontrado indícios não significa nada. Se os terroristas usarem essa nova arma biológica que você mencionou, é provável que não seja detectável. É perfeitamente possível que ainda haja livros envenenados nas nossas prateleiras.

Balancei a cabeça.

– Isso não. Se ainda existisse algum, alguém da equipe do comissário Milenković teria sido afetado. Não se esqueça que eles verificaram todos, um por um. Se não fosse seguro, não permitiriam que você mantivesse a porta aberta.

Ela bebeu meia garrafa de água mineral.

– Mas se todos os livros são seguros, então do que é que aquelas pessoas morreram? Como disse o comissário, tem de existir uma causa para a sua morte.

– É claro que tem. Mesmo assim, ainda poderia ser um livro.

O garfo dela parou a meio caminho da boca.

– Como é que isso é possível, se nenhum deles está envenenado?

– Porque aquele que está envenenado já não se encontra na livraria.

– Acha que alguém o comprou?

– Ou então roubou. O que dá no mesmo. Independentemente da maneira como colocaram a mão nele, acabaram morrendo. Se a culpa for mesmo do livro, deve ser absolutamente letal.

Ela parou de mastigar.

– A sra. Stojanović...

Concordei com a cabeça.

– Isso significa que o livro está no apartamento dela.

– Se estava, não consegui reconhecer. Fui lá por volta do meio-dia, depois de terem retirado o corpo. Os livros estavam todos arrumados numa estante na sala de estar. Nenhum deles me pareceu suspeito.

Vera pousou a faca e o garfo no prato e limpou a boca no guardanapo.

– Falou com o comissário Milenković sobre isso? Talvez ele pudesse mandar alguns homens para procurar.

– Não foi necessário – respondi, descansando meus próprios talheres. – Ele sabe da morte da sra. Stojanović e é muito provável que tenha mandado uma equipe ao apartamento dela. De qualquer forma, se o livro ainda estiver lá, não pode mais fazer mal a ninguém. O perigo está à espreita em outro lugar qualquer.

A garçonete se aproximou e tirou a mesa.

– Desejam tomar café? – guinchou.

Olhei para o meu relógio, depois para Vera e balancei a cabeça.

– Não, obrigado. Pode me trazer a conta, por favor?

– Onde? – perguntou Vera depois de a mulher ter se afastado.

– Seja quem for que tenha envenenado o livro, terrorista, assassino em série ou qualquer outra pessoa, vai reparar que ele não está mais nas estantes. E aí, o que vai fazer?

Vera não teve tempo de responder, porque a garçonete chegou e colocou um prato com a conta na minha frente. Olhei para o total, coloquei uma nota em cima do prato e indiquei com a cabeça que não necessitava de troco. Em troca, recebi um sorriso que lhe fez estremecer o buço.

– Vai envenenar outro livro da livraria – disse Vera suavemente quando ficamos novamente sozinhos.

– Não é provável. Ele vai partir do princípio de que a loja está sendo vigiada. Mesmo que nem você nem Olga reparem nele, não vai conseguir ludibriar as câmeras de vigilância.

– Então o que você acha que vai acontecer?

– Ele não tem necessidade de se expor ao perigo, envenenando um livro na Papyrus. Ele mesmo vai trazer um novo livro envenenado.

– Quando colocar o livro na estante, será identificado.

– Não obrigatoriamente. Pode fazer isso sem ser visto. Não me contou que um dos seus pacientes consegue sempre colocar um livro na estante às escondidas, mesmo sob o seu olhar atento? Por falar nisso, não sabe mesmo de quem se trata?

Vera olhou para mim surpresa.

– Não sei mesmo. Nunca me atreveria a mentir para o comissário. Que motivos teria eu para fazer uma coisa dessas?

– Pensei que estivesse do meu lado.

– Mas é claro que estou do seu lado. Mas não pensei que isso implicasse mentir para a polícia.

– Eu também sou da polícia.

Ela suspirou.

– Se me dissesse o que devo fazer, seria uma boa ideia, para que eu não me torne uma vítima das suas relações complicadas. Assim será mais fácil ficar do seu lado.

– Se o paciente aparecer outra vez, por favor me informe primeiro.

– Mas o comissário...

– Informe também o comissário. Um pouco mais tarde. Assim, não quebra nenhuma regra.

Ela olhou para mim em silêncio durante algum tempo e depois concordou com a cabeça.

– Embora, na verdade, isso não seja mesmo necessário – continuei.

– Como assim? – perguntou ela, confusa.

– O mais certo é que seus telefones estejam grampeados. E o meu também. Mas podemos dar o troco. Nem mesmo a agência é onipotente. Amanhã vou comprar dois celulares novos. Vamos usá-los apenas em circunstâncias especiais. Em relação a todos os outros assuntos, continuaremos a falar normalmente pelos nossos telefones atuais.

Ela balançou a cabeça.

– Como vou poder falar normalmente sabendo que estou sob escuta?

– Quando você sabe que eles sabem que você sabe que eles estão escutando, não é assim tão difícil.

Ela levantou as mãos com as palmas viradas para mim e agitou-as.

– Nem vou tentar compreender o que acabou de dizer.

– Não é preciso. Basta agir normalmente, como se não estivesses sob escuta.

Olhamos brevemente um para o outro em silêncio. Depois ela se levantou e eu também.

– Que último livro é esse a que o comissário se referiu? – Perguntou enquanto eu a ajudava a vestir o casaco.

– Não temos tempo para falar sobre isso agora. Mas vou te contar tudo o que sei se me convidar para tomar chá novamente esta noite. Chá de figo, não de algas, é claro.

Ela sorriu e afagou-me a face.

– Claro que sim.

23

Dei carona para Vera até a livraria. Pelo caminho, conversamos sobre o tempo. Sua pose era artificial, parecia uma atriz inexperiente. Não seria fácil para ela superar a ansiedade e aceitar o fato de se encontrar sob vigilância.

Depois de abrir a porta, ela se virou e acenou. Respondi-lhe com uma piscada e arranquei.

O andar onde se localizava o meu escritório parecia estranhamente vazio naquele domingo à noite. Os inspetores de plantão encontravam-se no térreo. Quando entrei, não acendi a luz. Embora estivesse escuro, entrava luz suficiente vinda do exterior para que eu pudesse reconhecer os contornos do mobiliário. Pendurei o casaco no cabide, sentei-me diante da mesa e liguei o computador.

Primeiro tinha de verificar uma coisa. Digitei a senha e acessei o arquivo no qual tinha trabalhado na noite anterior. Deveriam ter decorrido cerca de vinte e quatro horas desde que o tinha aberto pela última vez. Mas como eu suspeitava, não era esse o caso. Alguém tinha aberto o arquivo onde estava a lista de títulos de livros em vermelho e o endereço de Vera onze minutos depois das onze. Alguém que não tinha problemas em descobrir senhas. Alguém que conseguia entrar onde quisesse. Não precisei constatar que tinha acontecido o mesmo aos arquivos que continham as fotografias das estantes da Papyrus, bem como, muito provavelmente, a todos os meus outros arquivos.

Desliguei o computador e deixei-me ficar ali sentado por algum tempo, tamborilando os dedos no tampo da mesa. Estava fervendo de raiva, mas não tanto pelo fato de terem entrado no meu espaço protegido. Já trabalhava na polícia há tempo suficiente para saber que uma senha não passava de uma proteção ilusória. O que me encheu de raiva foi a sensação de não poder fazer aquilo que viera fazer sem ser observado. Com certeza iriam monitorar tudo o que eu fizesse no computador, como se estivessem às minhas costas.

Se eu não tivesse visto o reflexo de outro monitor atrás de mim, talvez a ideia não tivesse me ocorrido tão depressa. Saltei para a mesa do meu colega Petronijević e liguei seu computador. Pensei que minha consciência fosse me pesar bastante, mas na verdade não senti grandes remorsos. As regras do jogo que me tinham sido impostas não me deixavam grande margem para ouvir a consciência. De qualquer forma, não pretendia comprometer a privacidade de ninguém. Não estava interessado nisso. Apenas pretendia usar o computador para ter acesso à base de dados da polícia.

Ao contrário daqueles que eu pretendia superar, porém, eu não era todo-poderoso. Para mim, existiam obstáculos. Fiquei contemplando, estupefato, o cursor que cintilava na caixa onde eu deveria digitar a senha.

Esforcei meu cérebro febrilmente e a resposta surgiu uns vinte segundos depois. A solução era de uma simplicidade quase patética, mas foi provavelmente por causa disso que funcionou. Enquanto meu indicador direito voava sobre o teclado, os asteriscos sucediam-se uns depois dos outros. Apertei a tecla para validar e deixei escapar um grito. Mas é claro!

As pessoas costumam ser previsíveis, e os inspetores de polícia não são exceção. Muito pelo contrário. Que outra palavra poderia Petronijević ter escolhido senão o nome do seu tabloide predileto?

Quando abri a base de dados, senti-me inundado por um medo paranoico por uns breves instantes. E se meu computador não fosse o único que eles estivessem monitorando? Mas tinha de correr esse risco. Se quisesse fazer as coisas de maneira completamente segura, teria de acessar através de algum lugar fora do edifício, e não havia tempo para isso. Afinal, mesmo que conseguissem monitorar o que eu estava fazendo, teriam sérias dificuldades de compreender as minhas intenções.

Digitei "Atanasije Nedeljković". O sobrenome era muito comum, mas não o nome, o que me permitiu ter esperanças de que não surgissem demasiados candidatos. De fato, a lista continha apenas três entradas. Peguei o bloco de notas, anotei os endereços e os números de telefone e desliguei o computador.

Porém, não regressei à minha cadeira. Achei que seria mais seguro usar o telefone de Petronijević. Nesse caso, pelo menos, não me ocorreram quaisquer problemas de consciência.

Quando disquei o primeiro número, uma senhora de idade perguntou, em tom desconfiado, por que motivo eu pretendia falar com o sr. Nedeljković. Respondi que ele havia ganhado uma batedeira num sorteio organizado pela companhia telefônica para os assinantes mais antigos. Ela me respondeu que, se a companhia quisesse mesmo saber dos assinantes, deveria estar informada de que ele já não se encontrava entre os vivos. Mais concretamente, o sr. Nedeljković tinha morrido há quatro anos e meio. Apresentei as minhas condolências e ela me agradeceu. A seguir perguntou num tom de voz mais suave se os herdeiros poderiam receber a batedeira. Prometi que iria me informar a respeito e que então voltaria a ligar no dia seguinte.

No segundo número, uma criança atendeu. Não, o papá não está em casa. Não, a mamã também não. Estavam viajando. Sim, o papá se chama Atanasije. Está bem, pode voltar a ligar. Tchau.

Não tinha de discar o terceiro número para saber a quem pertencia, mas queria me assegurar de que estava em casa.

– Alô? – proferiu Albert Einstein.

Desliguei o telefone, peguei o casaco, saí apressadamente do meu escritório e corri pelo corredor afora. Felizmente, de todos os endereços, o de Einstein era o mais próximo.

24

Estacionei o carro um pouco antes do edifício onde morava o professor Nedeljković. Escolhi o lado oposto da rua porque me proporcionava uma visão melhor da entrada. Não se viam transeuntes e também não havia trânsito quase algum naquela noite chuvosa de outono. À minha frente alinhavam-se duas filas entremeadas de luzes e nogueiras de ramos desfolhados, como mãos à procura na escuridão.

A chuva era incômoda. Não podia deixar o limpador de para-brisa permanentemente ligado, e a parede de chuva que escorria sobre o vidro dianteiro desfocava minha visão. Corria o risco de alguém sair do edifício sem que eu percebesse. A única coisa que podia fazer era ligar o limpador ocasionalmente. Nesses instantes, o mundo voltava a entrar em foco, mas não por muito tempo.

Eu teria me sentido mais confortável se pudesse ligar também o aquecimento. O curto percurso que fizera não tinha sido suficiente para que o carro se aquecesse, por isso a temperatura interna não tardou a se igualar à externa. Levantei o colarinho e aconcheguei o casaco ao corpo, como se isso pudesse me esquentar.

Tive esperança de que desligar o telefone de repente não tivesse preocupado o professor, forçando-o a sair de casa antes de eu aparecer. Também esperava que ele não tivesse motivos para usar uma saída nos fundos do edifício. Se assim fosse, eu perderia a chance de assistir à misteriosa reunião que ocorreria em pouco mais de uma hora.

Os minutos arrastaram-se lentamente, porque nada acontecia. Aquela sensação de desperdício de tempo sem sentido fora sempre a parte mais difícil do meu trabalho como inspetor, embora soubesse que era necessário e inevitável. Se ao menos pudesse ter passado o tempo lendo, mas isso era claramente impensável. O carro não tinha nenhuma luz interior, mas, ainda mais importante do que isso, se eu mergulhasse num livro, minha atenção seria desviada do motivo pelo qual me encontrava ali.

Quando dois faróis dianteiros refletiram no meu espelho, os números azuis desvanecidos do relógio digital, por cima do hodômetro, indicavam que faltavam três minutos para as oito e meia. Era o quarto carro a aparecer desde que eu tinha estacionado naquela rua tão escassamente iluminada, mas, ao contrário dos três anteriores, este não estava apenas de passagem. Vinha numa marcha mais lenta e o motor mal se fazia ouvir. Afundei-me um pouco mais no banco.

O carro parou assim que passou pelo meu. Sem o limpador de para-brisa funcionando, era difícil ver se tinha mais alguém no interior além do motorista. Achei ter visto um passageiro, mas não tinha certeza. O carro permaneceu parado durante cerca de um minuto e meio. Não saiu ninguém, nem apareceu alguém para entrar nele. Partiu tão lentamente como tinha chegado e acabou virando à direita, seguindo por uma avenida.

Podia existir uma explicação simples para aquela situação. Poderia ter sido um casal jovem, por exemplo, que tivesse parado por alguns instantes para trocar umas carícias. Mas o carro também podia perfeitamente pertencer à agência. Como teriam eles chegado até ali?

Talvez tivessem visto o que eu procurara no computador de Petronijević. Não tiveram logo certeza daquilo que eu buscava, mas acabaram por descobrir. Eles têm muitas pessoas inteligentes trabalhando lá.

Mas talvez eles não tivessem me rastreado através do computador do meu colega. Ocorreu-me subitamente uma maneira muito mais simples de seguirem os meus movimentos. Se tivessem colocado uma escuta no carro, não haveria qualquer razão para não incluírem um aparelho de GPS. Dessa forma, saberiam onde eu estava a qualquer instante. Se tivesse pensado nisso antes, podia ter arranjado outro carro, mas agora era tarde.

Pouco mais de um minuto depois de a rua ter ficado novamente vazia, a porta de entrada do edifício onde morava o professor Nedeljković se abriu. Apressei-me para acionar o limpador de para-brisa. A borracha percorreu duas vezes o vidro dianteiro, removendo a cortina de água apenas por uns instantes. Mas foi o suficiente para eu reconhecer a figura encurvada, com o chapéu enterrado na cabeça e o cabelo saindo por baixo.

O professor entrou num pequeno carro que se encontrava estacionado perto da entrada. Teve alguma dificuldade para ligá-lo e consegui ouvir o som de um motor tossindo acima do barulho da chuva. Quando o trepidar mortiço do motor se transformou numa barulheira irregular, pensei que desmontaria. Esperei que o carro se afastasse e depois segui atrás dele. Não acendi os faróis até o professor ter desaparecido na avenida. O tráfego pouco intenso permitia-me segui-lo com facilidade, mas também era mais ostensivo. Por isso, mantive uma distância maior, deixando sempre pelo menos um carro entre nós.

O fato de Einstein provavelmente não fazer a mínima ideia de que estava sendo seguido estava a meu favor. Ao contrário de mim. Olhei frequentemente para o retrovisor para verificar se alguém estaria seguindo o seguidor, mas não notei nada que fosse suspeito. Não havia sinal do carro que tinha parado por uns instantes na rua onde o professor morava. Como é evidente, isso não significava que meus movimentos não estivessem sendo seguidos, nem que fosse através de um GPS.

Quando saímos da avenida, após um longo percurso, já não era possível segui-lo sem ser visto. Avançamos ao longo de uma rua ampla e muito bem iluminada em direção à zona nobre da cidade, cheia de mansões luxuosas que se escondiam atrás de muros muito altos. Uma vez que não podia contar com nenhum carro para servir de barreira entre nós, tive de conceder ao professor uma vantagem de uma centena de metros.

A uma dada altura, quando entramos nos meandros das pequenas ruas que conduziam até as mansões, apaguei os faróis. A iluminação das ruas era mais escassa, mas ainda assim eu conseguia ver o suficiente. Não só para a frente, mas também para trás. Não vinha ninguém atrás de mim.

O carro que estava seguindo desapareceu de vista, virando numa direção desconhecida no fim de uma série de ruas mais curtas, antes que eu pudesse alcançá-lo. Abri um pouco a janela, para que o som do motor pudesse me indicar o caminho por onde deveria prosseguir. Embora a chuva estivesse caindo com menos intensidade, conseguia entrar no interior do carro através de uma pequena fresta na janela.

No princípio de uma rua delimitada de ambos os lados por sebes muito densas, com pelo menos dois metros e meio de altura, no preciso momento em que chegara à conclusão de que deveria virar à esquerda no cruzamento seguinte, o rumorejar do motor cessou. Fora o barulho da chuva, ficou tudo silencioso à minha volta.

Estacionei o carro, fechei a porta suavemente e corri para o cruzamento. Espreitei para o outro lado da esquina no instante exato em que o professor desaparecia atrás de um portão, cerca de setenta metros adiante. O carro dele devia se encontrar na vizinhança, mas a rua estava deserta. Não tinha tempo para lidar com esse mistério naquele instante. Virei para a esquerda e percorri a calçada estreita repleta de poças d'água, mantendo a cabeça baixa por causa da chuva.

O portão junto do qual eu me encontrava era alto e feito de metal, encimado por pontas de lança ameaçadoras. Quando me aproximei, constatei que não tinha qualquer identificação, nem sequer um número ou uma campainha. Tinha apenas uma pequena abertura retangular à altura do rosto. Hesitei por uns instantes, mas não havia, de fato, outra hipótese, a não ser que quisesse ficar tomando chuva do lado de fora.

Bati no portão.

O retângulo recuou no mesmo instante e surgiu um vazio obscuro na abertura. Fitei-o por uns instantes, confuso, até perceber que eu era esperado.

– A senha!

Mas como poderia eu saber a senha? Uns tentáculos gelados de pânico começaram a subir por minha espinha acima. Já estava resignado por não poder fazer mais nada a não ser dar meia-volta e correr para o carro, quando me ouvi proferir três palavras.

– O último livro.

O retângulo fechou-se. Não aconteceu nada durante bastante tempo. Mas depois o portão começou a se abrir.

25

O portão abriu-se apenas o suficiente para que eu pudesse passar e depois fechou-se logo atrás de mim. Vi-me rodeado pela escuridão. Conseguia distinguir apenas duas fileiras de luzinhas, semelhantes aos marcadores de uma pista de aterrissagem, ao longo do caminho que levava à mansão, que se situava no meio do jardim. Estava a uns quinze metros de distância, completamente mergulhada numa escuridão que deixava visível apenas a parte superior, graças ao reflexo do céu urbano noturno.

Surgiram duas mãos à minha direita, vindas das trevas, empunhando algo. Tive de me esforçar para conseguir ver um hábito comprido. Hesitei ligeiramente antes de virar as costas a quem me oferecera o traje. Quando senti que sua mão se mantinha sobre o meu ombro depois de eu ter vestido o hábito, meu corpo se contraiu, mas a pressão durou apenas enquanto me colocava o capuz. Minha cabeça desapareceu completamente, confinando meu campo de visão ao espaço que se estendia à minha frente.

Assim que largou meu ombro, comecei a percorrer o caminho. As solas dos meus sapatos produziam o som característico de estar caminhando sobre seixos molhados. À medida que avançava, comecei a sentir o desconforto crescente de que os meus movimentos estavam sendo observados por olhares penetrantes, não apenas vindos de trás, mas de todos os lados. Acelerei o passo involuntariamente. O caminho não terminava no alpendre diante da entrada, como eu tinha imaginado. Surgiu uma escada. Desci. Embaixo, deparei-me com uma abertura em arco da qual vinha uma luz fraca. Continuei a descer com muito cuidado, sentindo o limite dos degraus com os pés.

A abertura era o início de um corredor que passava por baixo da mansão, num declive suave. O capuz me impedia de ver o caminho todo. Poderia tê-lo puxado um pouco para trás, mas hesitei. Continuava com a sensação de que estava sendo observado, e a curiosidade poderia ter me denunciado.

Cerca de vinte passos adiante, parei no final do corredor. Continuava enfiado no capuz, mas meu campo de visão agora era bastante maior. Apenas três degraus me separavam da grande sala circular a que tinha chegado, e por isso dispunha de uma visão a partir de cima. Aquela não era a única entrada. Existiam mais três corredores dispostos em intervalos de noventa graus.

A luz era escassa. As quatro lâmpadas colocadas entre as passagens estavam cobertas por telas, de maneira a não serem vistas. Enquanto ainda me encontrava no corredor, senti um cheiro desconhecido, parecido com tomilho, mas com maior riqueza aromática. Depois descobri a origem. Alguns pequenos receptáculos, que liberavam um cheiro intenso, encontravam-se suspensos por correntes negras imediatamente abaixo das lâmpadas.

A sala circular estava repleta de pessoas que envergavam hábitos. Deveriam ser pelo menos cinquenta. A maioria dos hábitos era de cor castanha, como o meu. Mas essa uniformidade era quebrada por quatro hábitos de um vermelho vivo, posicionados nas margens do centro vazio daquele anfiteatro subterrâneo.

Preferia ter continuado onde estava, porque podia apreender tudo de uma só vez com um único olhar, mas isso não era possível. Tinha que me juntar aos outros o mais depressa possível, para evitar levantar suspeitas.

Desci os três degraus e desloquei-me um pouco para a esquerda, posicionando-me atrás dos outros, encostado a uma parede de mármore. Nenhum dos capuzes se virou na minha direção. Mantinham a cabeça baixa, com as mãos cruzadas sobre o peito. Eu também assumi a mesma posição.

Só depois de ter me aproximado é que consegui ouvir uns murmúrios, que pareciam uma reza, ou uma ladainha. Era quase inaudível, por isso não consegui distinguir as palavras. Os passos dos últimos três a chegar, vindos de outros corredores, sobrepuseram-se àquele ambiente suave e depois a tranquilidade instalou-se durante vários minutos. Presumi que fossem quase nove horas, mas se olhasse para o relógio, teria perturbado a quietude que se tinha instalado.

A iluminação começou de repente a diminuir até ficarmos rapidamente no escuro. Os murmúrios cessaram. Tudo ficou envolto no mais profundo silêncio. Depois, um foco de luz brilhou, a partir do ponto mais alto do teto abobadado. O feixe apontava para a única parte desocupada do anfiteatro, que se encontrava guardada pelos hábitos vermelhos.

Levantei a cabeça como os outros, para ver melhor. Passou-se pelo menos meio minuto antes que acontecesse alguma coisa. Primeiro tive a sensação de que algo se erguia à minha frente, diante da multidão de capuzes. Refulgia graças ao brilho do refletor.

Só quando a figura saiu de trás é que percebi que vestia um hábito. Continuou a erguer-se até ficar acima de nós.

Tinha as costas voltadas para mim, por isso não tive qualquer chance de ver seu rosto.

Quando parou de se elevar, as mangas brancas separaram-se do tronco e estenderam-se para os lados. Descreveram dois arcos, cruzaram-se sobre a cabeça, permaneceram nessa posição por uns breves instantes e depois voltaram a descer lentamente.

– Irmãos e irmãs – ecoou uma voz profunda e masculina. – Já perceberam que devemos ser cuidadosos. Já circulam anúncios enganadores sobre a chegada do último livro. E todos vocês sabem o que virá a seguir. Foi por isso que não falei após a primeira morte. Poderia ser obra de alguém que tivesse perdido a fé e a paciência. Não seria a primeira vez que o assassinato seria utilizado, com a crença ingênua de que essa ação faria com que a profecia se tornasse realidade mais depressa. Também permaneci silencioso após as duas mortes que se seguiram, embora se tivessem dissipado quase todas as dúvidas de que o grande momento tinha finalmente chegado. Mas eu precisava ter a certeza absoluta. A prova final me foi dada não por um dos não iniciados, mas por um de nós. A irmã Dragana ficou cega pelo desejo egoísta de se apropriar do direito que pertence apenas ao grão-mestre. Teve a audácia de tentar alcançar o último livro sozinha e foi inexoravelmente castigada no mesmo instante como uma vulgar infiel.

Uma comoção tomou as vestes castanhas à minha frente.

– Não lamentem a sua morte. Ela teve o que merecia. Mas deixemo-la de lado, uma vez que sua morte foi tão pouco importante como as demais. Voltemo-nos para a felicidade que nos espera. Que os vossos rostos se iluminem de alegria. Que as vossas almas se deixem enlevar. Que os vossos seres possam ser possuídos pelo orgulho infinito de o destino vos ter concedido aquilo que negou aos membros da nossa ordem em tempos passados.

Fez uma breve pausa para aumentar o efeito dramático. Quando voltou a falar, sua voz soou como um trovão.

– Estão humildemente preparados para receber o redentor que virá salvar o nosso mundo da ruína?

– Estamos! – respondeu a multidão em uníssono.

– Estão humildemente preparados para se curvar diante do nosso único mestre e soberano?

– Estamos! – Tudo pareceu tremer com a força da exclamação.

Seguiu-se mais uma pausa e depois seus braços ergueram-se novamente. Desta vez as mãos não estavam vazias. Quando os dois arcos se encontraram, surgiu um livro azul sobre o seu capuz branco.

Enquanto o fitava, atrasei-me ligeiramente em acompanhar os demais. Quando comecei a me curvar, já se encontravam todos de joelhos. Felizmente, não havia ninguém atrás de mim que pudesse reparar na minha hesitação.

O silêncio que reinava parecia ter algo da aclamação trovejante anterior. O grão-mestre deixou que se arrastasse mais um pouco e, quando finalmente voltou a falar, sua voz era ameaçadora.

– Mas será que todos estão mesmo prontos? Quando mergulho nos vossos pensamentos, o que é que eu encontro escondido em alguns deles? A dúvida! E se o último livro não existir? A vossa desconfiança fere-me profundamente, mas eu vos perdoo neste grande dia. Será que acreditarão em mim se o virem com vossos próprios olhos?

A única resposta foi o silêncio.

– Muito bem – continuou o grão-mestre, depois de esperar uns momentos. – Se essa é a única maneira de dissipar as vossas dúvidas, então vão ver o último livro em ação. Mas existe também outra razão para isso. Esta noite não estamos sós.

Os hábitos à minha volta começaram a se mexer.

– Houve alguém que se juntou a nós sem ter sido convidado, esperando ingenuamente passar despercebido. Agora, o intruso vai pagar por sua estupidez. Mas não há qualquer motivo para ficarmos magoados. Vamos conceder-lhe uma honra enorme: será o primeiro a ser julgado pelo último livro abertamente, e não em segredo.

Não havia tempo para agir. Ajoelhado e com a cabeça baixa, não ouvi os guardas vermelhos se aproximarem. Fui agarrado por mãos firmes que me levantaram. A resistência que tentei oferecer foi facilmente vencida. Enquanto me arrastavam, vi que todos os hábitos castanhos se punham de pé.

Quando chegamos à zona central, o grão-mestre já tinha descido da plataforma quadrada de onde tinha falado. Aparentemente, tinha-se erguido do chão, uma vez que não existia nada ali quando cheguei. Despiram-me o hábito, deitaram-me sobre ele e amarraram minhas mãos e pés, afastando-os para os lados.

– Ah, é o nosso inspetor – disse o homem de branco. Apesar de estar ao meu lado, seu rosto continuava escondido. – Que conveniente. É claramente chegada a altura de enviarmos à polícia uma mensagem inequívoca de que são impotentes contra nós.

Ergueu novamente o livro azul, à espera de que os hábitos castanhos se aglomerassem em torno da plataforma. Estava posicionado num ângulo que não me deixava ler o título na capa. Ele o empunhou por breves instantes sobre a cabeça e depois começou a baixá-lo, abrindo-o ao mesmo tempo. A única coisa que consegui perceber foi que pretendia colocá-lo diante do meu rosto.

Mas ele não o baixou completamente. Ouvi o retumbar de passos rápidos oriundos do corredor por onde eu tinha vindo. Várias pessoas se aproximavam correndo. O grão-mestre gritou uma palavra que não compreendi.

O foco de luz que incidia sobre mim, vindo de cima, forçando-me a fechar os olhos, apagou-se na hora.

Por causa da escuridão que nos rodeava, não conseguia perceber o que estava acontecendo. Ouvi um tumulto e alguns sons que não consegui reconhecer. Continuava com os membros imobilizados. Depois senti a plataforma descer. Quando a parte de cima ficou nivelada com o chão, as mãos me libertaram. Permaneci imóvel onde estava, sem saber o que fazer por causa da escuridão.

Quando os passos chegaram ao fim do corredor, os feixes de pelo menos cinco lanternas irromperam através das trevas. Revistaram a zona do anfiteatro até darem comigo. Vieram todos em minha direção porque já não havia mais ninguém. Não fazia a mínima ideia de como ou para onde tinham desaparecido tantas pessoas em menos de vinte segundos.

Protegi os olhos e me levantei enquanto se aproximavam. Eles baixaram os feixes de luz de maneira a não me cegarem. Ainda não conseguia ver quem segurava as lanternas, mas isso não importava. Tinha uma ideia bastante clara de quem poderiam ser.

– Tudo seria mais simples, inspetor Lukić – soou a voz do comissário Milenković, vinda da escuridão –, se não tivesse escondido o jogo de mim.

– Por que pensa que escondi qualquer coisa?

Um feixe de luz voltou a atingir meu rosto. Franzi o cenho e virei a cabeça ligeiramente para o lado.

– O que está fazendo aqui no escuro?

– Havia luz até vocês aparecerem.

– Isso não responde à minha pergunta.

– Não estaria aqui se já não soubesse a resposta.

O feixe deslizou sob o meu queixo.

– Onde eles estão?

Encolhi os ombros.

– Isso é o que eu gostaria de saber.

– Quantos eram?

– Cerca de cinquenta.

– Não podem estar longe. Temos de agir depressa. Conversaremos melhor em outra ocasião. Agora terá de me desculpar. Vamos continuar por nossa conta. Acompanhem o inspetor.

Um feixe se virou na direção do corredor.

– Por aqui – disse uma voz masculina.

Tinha acabado de subir os três degraus, seguindo o feixe de luz da lanterna, quando a voz do comissário soou novamente.

– Chegou a ver?

– O quê? – perguntei sem me virar.

– O último livro, evidentemente.

– Eu vi um livro. Mas não sei se era o último.

– Não desiste de esconder o jogo, não?

– Tem outro jeito quando se está no escuro?

Esperei que me respondesse, mas ouviu-se apenas o som de um movimento atrás de mim.

– Vamos embora – disse o homem que me iluminava o percurso.

As luzes ao longo do caminho estavam apagadas, mas o portão de metal estava aberto, deixando entrar a luz de um poste da rua, por isso a lanterna não era mais necessária. Mesmo assim, o agente manteve-se no topo da escadaria, orientando o feixe à minha frente, até eu sair.

Dois outros agentes aguardavam no exterior em frente à casa. Não me disseram nada. Apenas olhamos uns para os outros e depois eu me dirigi para o carro sob a chuva que tinha voltado a cair.

26

– Está completamente gelado – disse Vera, ao beber um gole do chá. – Quer que te faça outro?

Nós estávamos deitados na escuridão do quarto dela. A janela diante da cama parecia um arabesco animado. A chuva torrencial produzia no vidro padrões em permanente mutação, que eram iluminados a partir do exterior pelo clarão avermelhado da cidade.

– Não é muito tarde para chá? Já deve ser meia-noite.

– Como eu poderia frustrar as suas expectativas? – perguntou ela, colocando a xícara sobre a mesa de cabeceira. – Você veio aqui para tomar chá, não foi?

– Sim, é verdade, mas não foi isso que ganhei.

– Seu grande mentiroso! Quando você chegou ainda estava fervendo.

– Talvez, mas não me deixou beber nem um pouco.

– Não me pareceu que desse tanta importância assim.

– E eu achei que você estaria morta de curiosidade para ouvir o que eu tinha para te contar. Mas isso claramente era a última coisa que estava passando por sua cabeça.

– Como é que eu poderia adivinhar que tinha algo para me dizer? Não agiu como se tivesse vontade de conversar.

– Sério? Então como é que eu agi?

– Sabe muito bem. De qualquer maneira, que diferença isso faz? Pode me contar agora. Ao contrário do chá, sua história não esfriou, não é verdade?

– Não, não esfriou. Mas talvez devêssemos evitá-la antes de dormir. Pode dar insônia, como o chá.

– É assim tão ruim? Mas é você quem costuma ter pesadelos, não eu. Por isso, trate de contar tudo.

Não respondi logo. Fiquei ouvindo a batida monótona da chuva por uns instantes, misturada com o barulho distante do tráfego noturno.

– Vi o último livro. Tem uma capa azul.

Seguiu-se um momento de silêncio. Vera enroscou-se em mim e puxou o cobertor até a altura do queixo.

– Onde?

– Debaixo de uma mansão onde se reúnem os seus seguidores.

– O último livro tem seguidores?

– Sim. Você conhece um deles. Cheguei até a mansão porque segui o professor Nedeljković.

– Einstein? Não fazia a mínima ideia de que ele poderia estar envolvido em algo tão sinistro. Parecia ser um paciente inofensivo.

– Acho que vamos descobrir que outros pacientes da Papyrus também não são inofensivos. Apesar de não ter visto o rosto deles, por estarem cobertos por capuzes, estou disposto a apostar que vários clientes da livraria se encontravam na reunião da ordem secreta.

– Que tipo de ordem secreta?

Suspirei.

– Pelo que pude perceber, é uma daquelas que está à espera do fim do mundo.

– E o que é que um livro tem a ver com o fim do mundo?

– O seu advento assinala o princípio do fim.

– Não estou entendendo.

– Eu também não sei muito mais do que isso. Agora que o livro apareceu, algo de terrível está para acontecer. Provavelmente, apenas os membros da ordem estarão destinados a escapar à maldição. Mas nem todos. Supostamente, a sra. Stojanović pagou com a vida a decisão de começar a agir por conta própria.

– Ela também pertencia ao grupo?

– Também. A intuição me diz que o grão-mestre da ordem é alguém que você conhece. Foi uma pena não estar lá comigo. Talvez tivesse reconhecido a voz.

– Não me convidou...

– Mas como é que eu poderia te expor a um perigo dessa natureza? Ainda assim, consegui escapar de lá por um triz.

– Mesmo? – A voz dela tornou-se mais suave.

– Se o comissário Milenković não tivesse aparecido naquele instante, o livro teria executado a minha sentença.

– Que sentença?

– Não tive oportunidade de descobrir. O grão-mestre abriu-o sobre a minha cabeça e começou a baixá-lo na direção do meu rosto, quando o pessoal da agência irrompeu no interior das instalações. Como pode ver, às vezes até são úteis.

– Foi só isso que ele fez? Baixar o livro na direção do seu rosto? Não te forçou a tocar ou a virar algumas páginas?

– Não.

– Então como é que poderia te afetar, se não estava em contato físico com ele?

Encolhi os ombros.

– Não sei. Ele o empunhou e abriu sem qualquer proteção. Com as próprias mãos. No entanto, afirmou que apenas o grão-mestre poderia lidar com o livro em segurança. Pelo jeito, não teria qualquer impacto sobre ele.

Vera balançou a cabeça no travesseiro ao meu lado.

– Não acredita nessa história furada, né? Como ele poderia ser a única pessoa imune a um veneno que é fatal para todos os demais?

– Como é evidente, não acredito nele.

– Então como é que explica o fato de o livro não o ter afetado?

Fitei a cortina de chuva ondulante no lado exterior da janela durante uns instantes antes de lhe responder.

– Só consigo ver uma explicação. O último livro não é nem um pouco venenoso.

27

Estava correndo como um louco ao longo do corredor forrado de veludo, embora não soubesse por quê. Não havia ninguém me perseguindo. Sentia apenas a sensação de que tinha tido uma experiência desagradável, mas não conseguia me lembrar qual tinha sido.

Então me acalmei e comecei a andar em ritmo normal. Não havia motivo para ter pressa, porque não conseguia chegar a lugar nenhum. O corredor que se estendia diante de mim era interminável. Não foi preciso me virar para saber que também era interminável na direção oposta.

Quando minha respiração ofegante se acalmou, pude ouvir música vindo de um lugar mais à frente. O volume era quase inaudível. Eu estava muito ansioso. Estaria me apressando para assistir a um concerto? Se esse era o caso, estava atrasado.

Acelerei o passo novamente. Mas a música não se tornou mais alta, nem mesmo depois de eu ter percorrido uma distância considerável. Continuava fraca, como se recuasse à medida que eu avançava.

Cheguei a uma zona com portas dispostas em intervalos regulares de ambos os lados do corredor, mas sem quaisquer inscrições. Como eu reconheceria aquela que daria acesso ao concerto? A única coisa que me ocorria era encostar o ouvido em cada uma delas.

Abandonei rapidamente a primeira porta contra a qual encostara o ouvido. Embora abafado, o rugido de leão me arrepiou a pele. Afastei-me da segunda porta assim que reconheci o som de fogo crepitante. Também não me demorei muito diante da terceira porta. O que aconteceria se ela não resistisse e a cascata que trovejava em seu interior irrompesse para o corredor com toda a sua força?

Aproximei-me temeroso da quarta porta, que se abriu antes mesmo que meu ouvido lhe tivesse tocado. Sobressaltei-me, preparado para sofrer outra situação desagradável, mas a única coisa que vi foi uma velha senhora, que obviamente sofria de reumatismo, com um violino. Ela abriu a boca para me dizer algo, mas um ataque de asma a interrompeu. Enquanto lutava para recuperar o fôlego, fez um sinal para que eu entrasse. Hesitei por uns instantes, mas depois aceitei o convite.

Do lado direito e mais afastado da sala, encontrava-se um pequeno palco, com as cortinas abertas. No meio, estavam dispostos dois cavaletes com telas escondidas pelo mesmo veludo que forrava o corredor. Diante do palco, estava colocada apenas uma cadeira de braços.

Sem parar de tossir, a violinista juntou-se a mais dois músicos que estavam atrás da cadeira. O jovem do contrabaixo tinha um cachecol de tom vermelho vivo em torno do pescoço, e a mulher de meia-idade com cabelo castanho comprido e aspecto agradável segurava nas mãos um oboé.

Esperaram que a senhora mais velha recuperasse o fôlego e em seguida as três cabeças em uníssono acenaram na direção da cadeira de braços. Hesitei mais uma vez por uns breves instantes antes de ocupar o único lugar existente.

Assim que me sentei, as luzes começaram a diminuir de intensidade. Ficamos às escuras durante um breve momento e a seguir um foco de luz acendeu-se atrás de mim e iluminou os dois cavaletes. A música começou ao mesmo tempo.

Por uns instantes, não aconteceu nada. Observei a cena sem me mexer, rodeado pelos sons lentos de uma sonata. Pensei já tê-la ouvido antes, mas interpretada por outros instrumentos.

De repente, as coberturas de veludo caíram, como se tivessem sido puxadas por fios invisíveis. Não tardaram a ficar no chão por baixo dos cavaletes, e surgiram dois perfis nas telas. A mulher da esquerda tinha ar pálido e a mulher da direita era extremamente rosada. Quando olhei mais de perto, percebi do que se tratava. A que se encontrava no lado direito estava excessivamente maquiada, enquanto a outra não.

O tempo da sonata acelerou. Como se tivessem respondido a essa aceleração, as pinturas ganharam vida. Com movimentos harmoniosos, as mulheres seguraram algo que se encontrava abaixo da borda da tela. Quando suas mãos regressaram ao enquadramento das respectivas telas, ambas seguravam um livro azul.

As duas cabeças começaram a se deslocar. Quando ficaram numa posição completamente frontal, seus olhos pareciam me fitar diretamente. Os lábios recurvaram-se num sorriso.

Percebi imediatamente o que estava prestes a acontecer. Meu corpo contraiu-se, com vontade de saltar da cadeira para evitar o que estava por vir, mas por mais que tentasse não era capaz de me mexer. Nem sequer consegui abrir a boca para lançar um grito de aviso.

A música acelerou ainda mais. Agora, era um redemoinho de sons, anunciando o momento alto do espetáculo. Os olhos nos quadros desviaram-se de mim e se focaram nos livros. Gritei para que não fizessem isso, mas da minha boca não saiu nem um suspiro.

A mudança começou assim que abriram os livros. Foi mais notória no quadro da esquerda. O que é pálido desvanece-se mais facilmente. Depois que a mulher de pele pálida se desvaneceu completamente do quadro, ainda a sorrir, foi a vez da mais rosada. Mas também ela não tardou a reduzir-se a nada. Os livros azuis permaneceram no meio das pinturas durante mais uns instantes, como se se recusassem a aceitar o fato de que não existiam mãos a segurá-los, e depois caíram para baixo do enquadramento, para o lugar de onde tinham saído uns momentos antes.

A música parou, mas não se fez silêncio. Pelo menos, não em mim. Campainhas começaram a soar no interior dos meus ouvidos, enquanto contemplava incrédulo o que ocorria. As coberturas de veludo ergueram-se do chão e cobriram as telas onde dois perfis femininos vazios brilhavam, cada um em seu respectivo centro.

Quando as coberturas voltaram ao lugar, o foco de luz se apagou. Ficamos novamente no escuro por uns breves momentos, mas depois as luzes do teto se acenderam. Nesse mesmo instante senti que já conseguia me mexer novamente.

Saltei da cadeira e me virei furiosamente, com vontade de dizer aos músicos o que achava do seu concerto, mas fiquei estupefato. Os instrumentos ainda permaneciam no lugar, mas não os seus intérpretes originais. Em seu lugar, estavam três novos músicos.

Uma forma flamejante segurava o violino, um leão estava apoiado sobre as patas traseiras atrás do contrabaixo, e o oboé soava a partir do topo de uma queda de água. Os três estavam estáticos, mas percebi imediatamente que não permaneceriam assim por muito tempo. A qualquer momento o fogo iria avivar-se, o leão rugiria, e a cascata iria trovejar.

Corri até a porta e puxei-a freneticamente em minha direção, sentindo as garras do pânico me dilacerando, e percebi que se abria para fora. Saí num rompante da sala e desatei a correr ao longo do corredor.

28

Quando meus olhos se abriram de repente, eram cinco e dezessete da manhã. Felizmente, desta vez não me sentei na cama, por isso não acordei Vera. Seu sono tranquilo prosseguiu sem interrupções.

Primeiro olhei diretamente para a frente, inquieto, os olhos preenchidos pelas imagens do sonho, mas depois comecei a relaxar lentamente envolto no silêncio e na escuridão do princípio da madrugada. Tentei voltar a dormir, embora tivesse medo de regressar ao corredor forrado de veludo, mas não consegui.

Uma vez que estava completamente desperto, não tinha mais nada a fazer senão pensar. Primeiro sobre o sonho que ainda se mantinha muito vívido dentro de mim, depois acerca do sonho anterior e de tudo o que tinha acontecido desde que o caso tinha começado na sexta-feira à noite.

Mas meus pensamentos estavam embaralhados. Aparentemente por acaso, lembrei-me de fragmentos de conversas sem importância e de pequenas coisas desconexas. Nenhuma delas fazia qualquer sentido. Ou, pelo menos, eu não conseguia descortiná-lo.

A janela começou a empalidecer às seis e meia. Foi nessa altura que a sensação de *déjà lu* apareceu outra vez vinda do nada. Na verdade, nunca me tinha abandonado. Apenas se escondia periodicamente, fazendo com que eu deixasse de ter consciência dela. Agora, por algum motivo, estava bem presente.

Estava certo de que encontraria a descrição de um amanhecer como aquele em algum livro. O personagem principal encontrava-se deitado na cama, acordado. O único som que ouvia era o da respiração regular da mulher que dormia a seu lado. Observava atentamente a chuva que escorria janela abaixo, tentando desvendar o mistério, mas a resposta revelava-se fugidia.

O mistério seria desvendado se ele pudesse se lembrar do que acontecia a seguir no livro, mas embora eu soubesse que já o tinha lido até ao fim, os acontecimentos que se seguiriam estavam fora do meu alcance. Um véu, como uma cortina de chuva, parecia cobri-los, deixando-me vislumbrar o que se encontrava por trás, mas sem clareza suficiente. Para meu grande pesar, não estava equipado com limpador de para-brisa. Uma única passada teria bastado para clarear tudo.

Vera acordou às sete e quarenta da manhã. Pareceu ficar pouco à vontade por eu não estar dormindo.

– Não olhe para mim – disse ela sonada –, eu não sou nada bonita de manhã.

Enrosquei-me nela e a beijei.

– Claro que é. Eu é que vou estar com uma cara horrível durante todo o dia por não ter conseguido dormir o suficiente.

Ela olhou para mim com ternura.

– A que horas acordou?

– Por volta das cinco e meia.

– Teve outro pesadelo?

Anuí com a cabeça.

– Estou ficando preocupada. Parece que fazer amor comigo não te faz bem.

Desatei a rir.

– O que é que o fato de fazermos amor tem a ver com os pesadelos?

– Sempre tem tido pesadelos a seguir.

– Esse "sempre" foram apenas duas vezes.

– Não existiram quaisquer exceções.

– Mesmo assim, teríamos que ampliar nossa amostragem. Se os pesadelos continuassem a me assombrar depois disso, digamos, após a vigésima vez, então veríamos o que fazer.

– E o que poderíamos fazer? Teríamos que parar. Como eu poderia deixar que perdesse seu sono reparador?

– Certamente que não iríamos parar. A propósito, a melhor coisa a fazer seria trabalhar na ampliação da amostragem imediatamente.

Ela me beijou, mas se afastou.

– Pela manhã não é o meu melhor momento para isso. De qualquer forma, também não contaria para aumentar a amostragem, a não ser que você voltasse a dormir em seguida.

– Eu adoraria dormir mais um pouco, mas tenho que trabalhar.

– Eu também. Esta semana tenho que fazer o turno da manhã.

– Mas se alguém me convidasse para tomar chá outra vez esta noite...

– Chá de figo...

– Chá de figo, evidentemente. Embora aquele para "pôr a cabeça para trabalhar" também pudesse ser muito útil.

– Sua cabeça não funciona bem?

– Pelo visto, não o suficiente. Os enigmas à minha volta parecem se adensar cada vez mais.

– Posso te servir um agora mesmo, no café da manhã. Se me der um minuto, trago na cama.

Balancei a cabeça.

– Vai me estragar com esses mimos. Prefiro te ajudar a prepará-lo.

Ela voltou a me beijar e depois nos levantamos.

Uns quarenta minutos mais tarde, já tínhamos terminado o café na cozinha de Vera. O chá de algas me recompôs num instante. Devia conter ingredientes fortemente estimulantes. Alguns deles talvez até fizessem parte da lista de substâncias que normalmente interessavam aos meus colegas da narcóticos, mas isso não tinha importância. Teria concordado em tomar algo ainda mais ilegal, se tivesse a certeza de que limparia minha cabeça enevoada.

– Mas então, como é que o livro mata, se não está envenenado?

Vera tinha feito essa pergunta na noite anterior, mas eu não respondera, apenas encolhera os ombros. Na hora ela não insistiu, mas a pergunta ficara suspensa, pairando entre nós.

– Eu nem sequer tenho alguma teoria – disse eu, baixando a xícara. – Mas suspeito que tudo se resume a essa pergunta.

– Você acredita que ele vai aparecer novamente?

– Tem que aparecer. Se desaparecesse agora, não faria qualquer sentido.

– Ao menos, agora já sabemos como é o seu aspecto.

– A capa sempre pode mudar. Precisamente porque sabemos que é azul.

– Um livro não pode mudar de capa assim, sem mais nem menos.

– Já aconteceram nesta história muitas coisas que não poderiam acontecer.

– Então o que devemos fazer?

Por uns instantes, fitei a xícara vazia que tinha diante de mim.

– Não consigo pensar em nada melhor senão recomendar que tente não abrir mais nenhum livro. O último livro só é perigoso se estiver aberto.

– Mas como eu poderia deixar de abrir livros? Trabalho numa livraria.

– Não vai ser fácil. Vai ter que usar a imaginação. Se achar que é impossível, tem sempre uma alternativa.

– Que alternativa?

– Fechar a Papyrus por uns dias.

Vera balançou a cabeça vigorosamente.

– Não posso fechar a Papyrus.

– Eu sei. De qualquer forma, duvido que isso pudesse resolver o que quer que fosse. Alguém teve um motivo para ligar a livraria ao último livro. Ficariam à espera que reabrisse a Papyrus e prosseguiriam a partir de onde tivessem sido interrompidos.

Vera baixou os olhos.

– Isso não é muito encorajador.

Estendi a mão sobre a mesa e coloquei sobre a dela.

– Vai correr tudo bem.

– Como é que você pode saber isso? – ela me perguntou docemente.

– Pela intuição – respondi eu também em voz baixa. – Nunca me deixou na mão.

– Gostaria de poder confiar em algo mais tangível.

– A única coisa mais tangível que posso te dar agora é um novo celular que não esteja grampeado. Temos que entrar na primeira loja que aparecer e comprar dois. Se reparar em alguma coisa fora do comum, não faça nada. Me ligue imediatamente. Me mande uma mensagem se não quiser que alguém ouça o que tiver para me dizer.

29

– Este seu caso está provocando uma grande agitação – disse o meu colega Petronijević com um olhar afetado, levantando ligeiramente o tabloide que tinha aberto à sua frente.

– Não me diga? – respondi, um pouco irritado.

– Começaram a aparecer corpos fora da livraria, e agora existem ordens secretas envolvidas.

– Também conseguiram escrever algo sobre isso? Como é que descobriram tão rápido? Deixe-me ler.

Ele virou o jornal na minha direção. A metade superior da página trazia uma grande fotografia do portão de ferro encimado pelas pontas de lança e dos contornos do telhado da mansão contrastando com o céu noturno. Atravessando a fotografia, em letras largas, estava escrita a manchete sensacionalista: SEITA MATA COM LIVRO!

– Nunca subestime o jornalismo investigativo.

– Ou as fontes bem informadas.

– Não existem fontes mais bem informadas do que as que estão trabalhando no caso.

– Ou aquelas que as estão espionando.

– Mas foi você que invadiu meu computador, e não o contrário.

– Precisei. Não estava vendo seus arquivos. Além do mais, não teria conseguido entrar se tivesse sido um pouco mais inteligente ao escolher a senha.

– Já mudei. Agora já não vai ser tão fácil.

– Acha que não? De qualquer forma, o incidente do computador não justifica o fato de ter me seguido ontem à noite.

Virou novamente o jornal para ele e ficou a observá-lo.

– Se tiver provas, pode fazer um relatório sobre o assunto, – disse ele sem levantar a cabeça.

– Por que haveria de fazer isso? As fontes bem informadas não me incomodam. Mas eu não sou a única parte a trabalhar neste caso. Temo que os outros não sejam tão compreensivos com o jornalismo investigativo.

Ele não respondeu e fingiu que estava lendo. Tirei meu casaco, pendurei-o e me dirigi para o corredor.

Quando estava a caminho do gabinete do inspetor-chefe, senti que o efeito do chá estava passando. Queria beber mais uma xícara, mas não conseguiria satisfazer o meu vício, uma vez que deixara o saquinho com os ideogramas na casa da Vera.

Bati à porta, esperei que o inspetor-chefe respondesse e depois entrei. Estava de pé junto ao aquário, observando-o atentamente.

– Ah, é você. Chegou bem na hora. Ia mesmo telefonar. Sente-se, por favor.

Como sempre, indicou-me a cadeira da esquerda.

– Acabaram de ligar da agência – começou ele, assim que me sentei.

– Presumo que tivessem algumas queixas a fazer.

– Como sabe disso?

– Nunca soube que alguma vez tivessem ligado para elogiar alguém.

O inspetor-chefe sorriu amargamente.

– Tem razão. Eles se queixam de que não tem cooperado o suficiente.

– Eu poderia fazer a mesma queixa sobre eles.

– Mas eles responderiam que não têm que cooperar. Bem sabe o que eles pensam de si mesmos. São semideuses.

– Se os semideuses não estão satisfeitos com a minha cooperação, por que não tiram o caso daqui e o assumem eles próprios?

– Foi isso o que perguntei.

– E o que eles responderam?

– Nada de específico. Apenas me disseram que por enquanto seria melhor continuar com duas abordagens distintas.

– Talvez o problema ficasse resolvido se entregasse o caso a outra pessoa.

– Também lhes fiz essa proposta, mas eles descartaram. Insistiram que você continue. Não me pergunte por quê.

– Talvez pensem que sei algo que eles não sabem.

O inspetor-chefe sentou-se sobre a mesa enorme, entre os dois bonsais.

– É verdade?

– Eu não sei o que eles sabem, por isso não tenho como lhe dizer. Esse é o principal inconveniente de trabalhar com eles. Nunca sabemos a quantas andam.

– Muito bem, mas então o que você sabe exatamente? Até onde conseguiu chegar?

Suspirei.

– Não tenho certeza de nada. A maneira mais simples de explicar as coisas é que alguém da ordem secreta do último livro está por trás dos assassinatos misteriosos que ocorreram na Papyrus.

– A agência também os considera como os principais suspeitos.

– Pensei que eles não se interessassem por ordens secretas.

– Talvez achem que podem estar ligados a algo maior.

– Os caminhos dos semideuses são insondáveis. Chegaram a comentar se capturaram alguém na noite passada?

– Pelo que pude perceber, não conseguiram apanhar ninguém. Ficaram de mãos vazias. Diria que também o culpam por essa situação.

– Tudo teria sido melhor se tivéssemos realmente colaborado. Se tivessem chegado um minuto mais tarde, eu poderia ter encontrado a solução.

– Sério?

– Estive muito perto do último livro.

– De que livro se trata afinal? Por que é que o chamam de último?

– Eles acreditam que o seu advento anuncia o fim do mundo. As sociedades secretas e as seitas costumam se reunir em torno desse tipo de ideia.

– Já ouvi várias histórias sobre o fim do mundo, mas nenhuma que se desenrolasse em torno de um livro.

– Mesmo que não preveja o fim do mundo, não é uma definição ruim. Foi o último para aqueles que o abriram.

– Como assim?

– A princípio, pensei que estivesse envenenado, seguindo o exemplo de *O nome da rosa*, mas não parece ser esse o caso.

– Então que outro caso poderia ser?

Encolhi os ombros.

– Não sei. E a agência também não. Penso que é isso que lhes interessa mais neste caso. Se fosse apenas uma ordem secreta qualquer, independentemente do grau de perversidade das crenças, teriam todo o prazer em deixar isso conosco. Mas a arma que foi utilizada nesta situação pode acabar em mãos muito mais malévolas.

– Quem terá usado essa arma? Quem estará por trás disso tudo?

– Tanto quanto pude perceber na noite passada, já existiram tentativas anteriores de acelerar a profecia do advento do último livro. Não sei até que ponto foram letais, mas o membro da ordem que agora dá as cartas é alguém muito hábil.

– Disso não há dúvida: consegue causar mortes que nem mesmo a própria agência consegue desvendar.

Esbocei um sorriso.

– No entanto, se pensarmos um pouco, essa não é uma arma que tenha sido desenvolvida propriamente para a destruição em massa, e é isso que interessa verdadeiramente à agência.

– Como assim?

– Para o último livro funcionar, tem que ser aberto. E quantas pessoas da nossa idade abrem livros nos dias de hoje?

– Ora. As pessoas ainda leem.

– Qual foi o último livro que leu?

O inspetor-chefe pensou e depois balançou a cabeça.

– Me pegou de surpresa, mas vou me lembrar.

– Já leu *O nome da rosa*?

– Ainda não, mas está na minha cabeceira.

– Enquanto se mantiver ali, não estará em perigo.

Ele me lançou um olhar desconfiado que durou por uns instantes.

– Não está pensando em recomendar às pessoas que parem de ler, ou está? Temos que resolver este caso o mais rápido possível. Dedique todo o seu tempo a esse assunto. Pode contar com toda a ajuda de que necessitar.

Levantei-me da cadeira.

– Obrigado.

Assim que deixei o gabinete do inspetor, percebi que Petronijević vinha em minha direção, com um sorriso tonto no rosto.

– Tem visita – disse ele, piscando o olho.

Olhei para ele por uns instantes, enquanto ele seguia caminho pelo corredor, e depois dirigi-me apressadamente para o meu escritório.

Eu não a reconheci imediatamente. Como poderia, se nunca a tinha visto maquiada?

30

– Srta. Bogdanović! – exclamei, perplexo – Que grande surpresa.

Estava sentada numa das duas cadeiras que se encontravam junto a uma pequena mesa redonda, perto das mesas de trabalho. Embora não tivesse exagerado como a dra. Vidić, o pouco de maquiagem que pusera tornava-se vistoso em seu rosto, pouco habituado a isso.

– Espero que lhe seja agradável – disse ela, estendendo a mão.

Esperei que o cumprimento fosse frouxo, mas estava enganado. Apertou minha mão com firmeza e reteve-a um pouco mais do que seria necessário num cumprimento habitual. Depois de me soltar, sentei em minha cadeira.

– Agradável, com certeza. Qualquer inspetor ficaria feliz por receber uma senhora tão atraente.

A maquiagem não era a única coisa que tinha se alterado em seu aspecto. Eu não era propriamente um especialista em penteados femininos, mas não tive dúvidas de que ela não usava o cabelo daquele modo da última vez que a vira. Já não estava liso: agora apresentava-se com uns cachos suaves, um pouco mais claro e mais volumoso. Não usava os óculos enormes: provavelmente os substituíra por lentes de contato, e os lábios que eram finos pareciam agora mais grossos.

Tinha também mudado as roupas. Continuava a vestir um *tailleur*, mas o traje escuro de executiva tinha sido substituído por um de tom azul-claro bem mais alegre, com a blusa combinando, os botões de cima abertos, mais apropriada para um contexto primaveril luminoso do que para o de mais um dia chuvoso e cinzento. Por fim, os saltos altos conferiam-lhe outra estatura e tornavam-na mais elegante.

Ela sorriu.

– Senhora atraente? Nunca esperei receber um elogio de sua parte.

– E por que não? Não há dúvida de que é merecido. Hoje está com um ar esplêndido.

– Obrigada. Não pensei que fosse reparar nisso.

– Como eu poderia não reparar?

– E os homens apaixonados reparam nas outras mulheres?

– Até os homens apaixonados reparam nas artimanhas de outras mulheres para se fazerem notar.

– Vera é capaz de não gostar de ouvir uma coisa dessas.

– Não há qualquer motivo para ela não gostar. De qualquer maneira, tenho certeza de que a mudança também não escaparia a ela.

– Talvez escape.

– Teria que ser cega para não ver.

– Ela é cega.

Fitei a srta. Bogdanović e depois balancei a cabeça.

– Não compreendo.

– Ela é daltônica. Vera é daltônica.

– Ah, entendi.

– Para ela, todas as cores que visto são apenas tonalidades de cinza. Não sabia que ela tinha essa deficiência?

– Não, não sabia.

– Vera não é tão perfeita quanto parece.

– Duvido que ela gostasse de ouvi-la revelar seus defeitos.

Parecia que novas faíscas entre nós eram inevitáveis, mas quando ela voltou a falar, foi num tom conciliador.

– Não estou aqui por causa de Vera. Vim para lhe contar uma coisa.

Esperei por alguns momentos pela continuação, mas a única coisa que ela fez foi fixar seus olhos em mim.

– E que coisa é essa? – perguntei, para quebrar aquele silêncio desagradável.

– O meu sonho.

Desta vez fui eu que fiquei olhando para ela sem falar.

– Acredita em sonhos?

– Em que sentido?

– No sentido de que eles podem nos revelar coisas importantes.

Encolhi os ombros.

– Os meus costumam ser confusos.

– Os sonhos de todo mundo são assim. Mas é comum que se encontre algo escondido debaixo dessa aparente confusão.

– Mesmo que isso seja verdade, eu não consigo perceber.

– Eu costumo conseguir. No entanto, o último que tive me deixou completamente confusa. Tem que ouvi-lo. Também está nele.

– Eu?

– Na noite passada, sonhei com você.

– Mesmo? – perguntei eu, sem saber o que mais poderia dizer.

– Sim. Mas me sinto um tanto desconfortável em falar nisso.

– Por quê?

Ela baixou os olhos.

– No meu sonho, estava pintando um quadro seu.

– O que é que há de estranho nisso?

– Você estava nu.

Também baixei os olhos.

– Nu? – repeti, como se tivesse ouvido aquela palavra pela primeira vez.

– Numa grande tela, em escala natural.

Durante uns instantes, ouviu-se apenas o som da chuva batendo na janela.

– E que tal fiquei? – perguntei, tentando dar um tom jocoso à minha voz.

– Ficou muito bem. Perfeitamente igual.

– Eu estava posando para a senhorita?

Ela abanou a cabeça rapidamente.

– Não, não estava.

– Então como sabe que estava perfeitamente igual, se nunca me viu sem roupa?

Ela olhou para mim brevemente com ar perplexo, e depois voltou a baixar os olhos.

– Eu não sei, evidentemente... Suponho... Mas isso não é importante. Não houve qualquer problema com o corpo. O problema surgiu quando comecei a pintar a cabeça.

– E a cabeça é assim tão importante quando se pinta um nu?

Ela levantou os olhos.

– É claro que é importante. Um nu sem cabeça não passa de uma... obscenidade.

– Então, o que havia de errado com a minha cabeça?

– O fato de não querer continuar a ser sua.

– O que esse “não querer” quer dizer?

– Pintei o seu rosto, mas ele mudou depois da última pincelada.

– Tornei-me outra pessoa?

– Não. Aí é que está a questão.

– Não estou entendendo.

– Nem eu. Continuava a ser você, mas não era.

– Como é possível que fosse eu e não fosse, mesmo num sonho?

– Parecia-se com você, mas não era você. Foi como se o rosto do seu irmão gêmeo aparecesse no quadro.

– Eu não tenho nenhum irmão gêmeo.

– Então o seu duplo. Alguém que se parecia tremendamente com você, mas que tinha algo diferente.

– O que era?

Ela encolheu os ombros.

– Não sei dizer muito bem. Era algo esquisito. A princípio, não tive certeza, mas assim que começou com uns risinhos, soube logo que não era você.

– Estava rindo no quadro?

– Sim. Ou melhor, não você, mas o outro. A pintura ganhou vida, os lábios recurvaram-se e depois ouviu-se um risinho horroroso. O som medonho deixou-me toda arrepiada. Eu quis gritar, mas não consegui. Acordei aterrorizada.

Passamos mais uns momentos ouvindo a chuva cair.

– Lamento muito que minha nudez a tenha perturbado tanto assim.

Seus olhos flamejaram.

– Não foi sua nudez que me perturbou, foi sua gargalhada demoníaca! Costuma ser sempre assim tão brincalhão? Vim procurá-lo na esperança de que pudesse me ajudar, e não que zombasse de mim.

– Peço-lhe desculpas, srta. Bogdanović. Não escolhi as palavras adequadas. Sem dúvida, não pretendia tirar sarro. Como posso ajudá-la?

Ela continuou a me fitar até as chamas do olhar perderem o seu brilho.

– Não sei – disse por fim. – O sonho tem seguramente um significado, mas escapa-me completamente. Pensei que talvez conseguisse interpretá-lo, uma vez que faz parte dele.

– Eu nunca tive muito jeito para interpretar sonhos. Além disso, segundo suas próprias palavras, foi meu duplo que a perturbou, e não eu.

– Quem acha que poderia ser?

Balancei a cabeça.

– Não faço ideia. Ainda estou para conhecer algum duplo meu.

– Isso não quer dizer que não tenha um.

– É verdade – concordei.

– Tenha cuidado com ele, se alguma vez o encontrar.

– Terei, com certeza. Obrigado pelo aviso.

Pareceu-me que a srta. Bogdanović pretendia dizer mais qualquer coisa, mas depois mudou de ideia e se levantou. Petronijević apareceu à porta nesse mesmo instante.

– Espero não estar incomodando – disse ele com um sorriso ostensivo.

– Não está. Acabamos nossa conversa agora mesmo. Deixe-me acompanhá-la até a saída, srta. Bogdanović.

Enquanto esperava pelo elevador, ocorreu-me algo. Peguei rapidamente minha caneta e meu bloco de notas e rabisquei um número. Rasguei a folha e entreguei a ela.

– Tenho um novo número de telefone. Se não for urgente, será melhor que se comunique comigo através de uma mensagem.

Ela abriu a boca para pedir explicações no exato momento em que o elevador chegou.

31

Assim que regressei ao meu gabinete, recebi uma mensagem no meu novo celular. Primeiro pensei que a srta. Bogdanović tinha se lembrado de mais algum detalhe do sonho, ou que estava apenas tentando entrar em contato comigo novamente, mas tinha sido enviada por Vera.

VENHA SE PUDER.

Peguei o casaco e saí correndo, sob o olhar perplexo e intrigado de Petronijević. Não tive paciência para esperar pelo elevador e desci os quatro lances de escadas, correndo até a garagem.

Assim que saí com o carro para a rua, peguei meu velho celular e liguei para a livraria.

– Livraria Papyrus, bom dia – atendeu Vera. A julgar pela voz, não parecia particularmente perturbada.

– Está tudo bem? – perguntei.

– Não sei – respondeu ela suavemente.

– Não sabe?

– Nunca vi tanta gente na livraria numa segunda-feira de manhã.

– Estou a caminho.

Liguei a luz rotativa e pisei no acelerador. Felizmente, a hora do rush já tinha passado, por isso cheguei lá em menos de dez minutos.

Abri a porta de entrada da Papyrus e fiquei espantado com o que vi lá dentro. Sem contar Vera, que se encontrava atrás do balcão, não havia mais ninguém.

– Onde estão eles? – perguntei, enquanto avançava em sua direção.

– Foram embora. Todos eles. Logo depois de eu ter falado com você.

– Quantos eram?

– Diria que eram mais de trinta. Começaram a entrar há pouco mais de meia hora. Individualmente ou aos pares. Já havia uns quinze quando percebi que algo estava errado. Deveria ter telefonado logo, mas não pensei com rapidez suficiente.

Sorri.

– Pensou perfeitamente bem.

– São muitos telefones – disse ela baixinho, quase num sussurro.

Eu anuí com a cabeça.

– O que é que eles fizeram?

– Andaram por todo lado. Foi uma agitação incomum para uma livraria. Parecia uma festa. Não sabia para onde olhar.

– Não tiraram livros das prateleiras?

– Acho que sim. Mas não tenho certeza. Minha visão esteve quase sempre bloqueada.

– Não te disseram nada?

– Dois deles perguntaram por livros raros. Nunca tinha ouvido falar deles. Pediram para verificar na base de dados, mas não encontrei nada.

– Reconheceu alguém?

– Penso que três ou quatro já estiveram aqui antes. Não sei nada sobre eles.

– Viu se algum dos pacientes estava entre eles?

Ela balançou a cabeça.

– Nenhum dos casos extremos.

Percorri a livraria vazia com o olhar e suspirei.

– Vieram devolver o último livro.

Vera fitou-me sem falar por uns momentos.

– Onde está? – sussurrou ela por fim.

Fiz um gesto abrangente com o braço.

– Em algum lugar por ali.

– Como sabe?

– Tudo o que fizeram fazia parte de uma representação: bloquear sua visão, perguntar por livros que não existem. Mas você não foi a única pessoa que eles queriam enganar. Dois ou três atores teriam sido suficientes para te ludibriar. Um grupo tão grande veio aqui para enganar outros olhos, consideravelmente mais vigilantes.

– Quer dizer que...?

Peguei meu antigo celular e pressionei as teclas rapidamente com o polegar. O telefone tocou nove vezes antes de alguém por fim atender.

– Estou ouvindo.

Levantei os olhos na direção dos cantos superiores da livraria.

– Para onde devo olhar?

– Para onde quiser.

– Onde é que o colocaram?

– Não sei.

– Então continuamos jogando cada um num time? Depois não venha se queixar de falta de cooperação da minha parte.

– Não acha que eu já estaria aí se soubesse onde estava? Estamos revendo a gravação, mas ainda não descobrimos nada. Eles são muitíssimo espertos.

– Quando eles saíram, vocês os seguiram?

– Também nisso foram espertos. Perdemos o rastro.

– De todos? Eram mais de trinta.

– Na mansão eram mais de cinquenta e desapareceram sem deixar pista em menos de vinte segundos.

– Por que não os apanhou enquanto estavam dentro da livraria?

– Porque queria que eles deixassem o livro aí. Neste momento é mais importante do que eles.

– Podia ter botado as mãos neles e no livro ao mesmo tempo.

– Talvez. Ou talvez não. Não os subestime. Seguramente teriam um plano de contingência, se tivéssemos irrompido livraria adentro enquanto se encontravam aí. Estamos lidando com um adversário muito sério.

– Então, e agora? O livro está aqui, mas não sabemos onde. Por que não traz toda a sua equipe e começam a procurá-lo?

– É mais conveniente procurá-lo daqui. Estamos comparando as imagens das estantes antes de eles chegarem com o aspecto que apresentam neste momento. Por outro lado, você pode começar a procurá-lo, uma vez que já se encontra aí. E, ainda por cima, é a única pessoa que já o viu e, portanto, sabe como ele é.

– Eu vi qual a cara dele na noite passada. Mas pode já não ser igual. A capa pode não ser azul, por exemplo. Se eles são assim tão espertos, podem perfeitamente tê-la alterado. É bem provável que o tenham feito.

– Isso não é impossível, mas mesmo assim deveria tentar. Temos que fazer de tudo para que não seja um cliente inocente a encontrá-lo primeiro.

– A melhor maneira de proteger os clientes não seria fechar a livraria durante uns dias e retirar todos os livros?

Esbocei um sorriso contrito para Vera e ela me repreendeu arregalando os olhos, alarmada.

– Não ganharíamos nada com isso. Quando a Papyrus reabrisse, trariam novamente o último livro. Por que razão existiria apenas um exemplar? Na verdade, estamos com muita sorte de eles, por algum motivo, se interessarem apenas por essa livraria. Se eles o espalhassem pelas outras, ficaríamos metidos numa grande confusão.

Mantive-me em silêncio durante uns momentos.

– Está bem. Vou procurá-lo.

– Muito bem. Parece que agora a nossa cooperação está melhorando.

Olhei novamente para os cantos superiores da Papyrus e balancei a cabeça. Desliguei o telefone, coloquei-o de novo no bolso e virei-me para Vera.

– Espero que não se importe de eu ficar aqui te fazendo companhia.

O ar incomodado que seu rosto sardento exibia momentos antes se transformou num sorriso radiante.

32

Pendurei o casaco e iniciei uma inspeção demorada nas estantes. Vera estava no balcão, junto à caixa registradora, trabalhando no computador. Quando nossos olhos se encontravam periodicamente, sorríamos um para o outro. Sabia que ela queria falar comigo, mas que se segurava por causa da existência de outros ouvidos, que ouviriam cada palavra que trocássemos. Depois de algum tempo, provavelmente por não lhe agradar o silêncio que a rodeava, colocou uma música de fundo suave para tocar.

Rapidamente se tornou claro que minhas chances de encontrar alguma coisa eram muito reduzidas. Se tivessem colocado um livro novo nas prateleiras, os membros da equipe do comissário Milenković teriam facilidade em encontrá-lo ao comparar as imagens gravadas antes e depois da visita dos membros da ordem. Uma vez que os adeptos do último livro sabiam que seriam cuidadosamente observados, não seriam insensatos a ponto de trazer um livro que já não se encontrasse na livraria, e muito menos um que eu pudesse reconhecer.

O mais provável é que tivessem sido prudentes, colocando o último livro sob a capa de outro livro que já tivessem visto na livraria anteriormente. Bastava retirar o livro inofensivo e inserir o livro perigoso em seu lugar.

Agora, podia ser qualquer um entre os milhares de livros que se encontravam ali. Mas talvez não pudesse ser qualquer um. Poderia ignorar os volumes cujo formato não correspondesse ao do último livro. O problema era que a grande maioria dos livros que se encontravam na Papyrus tinha o formato habitual.

A única maneira de encontrar o último livro seria fazendo uma verificação sistemática. Todos os livros que apresentassem o formato mais comum teriam de ser examinados, mas uma só pessoa não era suficiente para fazer esse trabalho. O pessoal da agência teria de fazer isso, precisamente por estar mais bem protegida do que eu. O último livro até poderia não estar envenenado, mas ainda assim não deixava de ser mortal. Independentemente da maneira como eu trabalhasse, a probabilidade de ser afetado quando o encontrasse, indefeso como estava, era muito maior do que se fossem os membros da equipe bem aparelhada do comissário a descobri-lo.

Embora percebesse a inutilidade dos meus esforços, continuei inspecionando as estantes por diversas razões. Não tinha mais nada para fazer. Podia perfeitamente ter escolhido um livro, sentado numa cadeira e começado a ler, mas não estava com disposição nenhuma para isso. Além disso, se eu parasse, seria forçado a discutir com o comissário Milenković, e isso também não me atraía. Suspeitei igualmente que a própria Vera não aprovaria se eu parasse.

Por fim, continuei parado junto às estantes, porque experimentei novamente uma sensação de *déjà lu*. Enquanto meu olhar deslizava ao longo das lombadas dos livros, ela parecia aumentar cada vez mais, mas enfraquecia sempre que olhava em outra direção. O livro de que tentava me recordar parecia estar ali, em algum lugar na minha frente, me esperando, mas ao mesmo tempo escapando insidiosamente, como palavras na ponta da língua.

Tinha acabado de me levantar, depois de ter inspecionado a parte mais baixa da estante, quando um pensamento súbito me imobilizou a caminho da próxima seção. Pensei conjuntamente em dois fatos que antes estavam separados. Será que aquela sensação assombrosa de *déjà lu* tinha alguma coisa a ver com o último livro?

Quando Vera tocou em meu ombro, dei um salto. Perdido nos meus pensamentos, não tinha ouvido quando ela se aproximou.

Ela sorriu.

– Parece que estava perdido longe daqui.

Devolvi o sorriso.

– Me perdi nos pensamentos.

– Quer tomar um chá? Ou será que não pode interromper o que está fazendo?

Ela levantou os olhos na direção do teto.

– É claro que posso. Um chá me faria bem.

– Vou mandá-lo vir do salão de chá. Qual você quer?

– Adoraria um chá de figo, mas ainda é muito cedo para isso. Por isso, talvez um de algas. Esse pode ser bebido a qualquer hora.

Vera lançou-me um olhar curto, mas cheio de significado, e depois dirigiu-se para a sala de acesso reservado para telefonar.

Dez minutos mais tarde, um rapaz oriental que não deveria ter mais que doze anos, envergando um casaco vermelho-escuro de mandarim e calças apertadas, entrou na livraria. Fechou habilidosamente o guarda-chuva com uma das mãos, dirigiu-se ao balcão com passos que se assemelhavam aos de um bailarino e pousou um tabuleiro com um bule e duas xícaras. Serviu o chá, sem largar o guarda-chuva.

Peguei o dinheiro, mas o rapaz balançou a cabeça.

– Papá diz pagar depois quando voltar salão de chá.

Foi apenas nesse instante, ao ouvir a sua voz, que percebi que era uma menina. Fez uma mesura e depois deslizou graciosamente até sair da Papyrus, como se flutuasse.

Quando ficamos a sós, olhei para Vera, incrédulo.

– Papá?

– Também fiquei admirada quando a ouvi dizer isso.

– Talvez não seja assim tão estranho.

– O que quer dizer com isso?

– Com uma reserva ilimitada de chá de pó de borboleta disponível...

– Ela é um docinho, não é? – perguntou Vera, interrompendo-me. – Também te pareceu um rapaz à primeira vista?

Concordei com a cabeça.

– É espantoso como as aparências às vezes podem nos enganar – comentou ela.

– Sim, é espantoso. Deparo-me constantemente com essa situação no meu trabalho.

Pareceu que Vera queria comentar o que eu acabara de dizer, mas mudou de ideia, provavelmente por outras pessoas estarem na escuta. Bebeu um pouco de chá e depois mudou de assunto novamente.

– Hoje o movimento está fraco.

– Se não contarmos o que se passou de manhã.

– Sim, se excluirmos esse episódio. Pergunto-me se é apenas por ser segunda-feira. Normalmente costumam aparecer menos clientes durante o primeiro turno, sobretudo se estiver chovendo. Ou será que finalmente nossa reputação se tornou negativa e as pessoas preferem não vir até aqui?

– Tenho certeza de que é por ser uma segunda-feira chuvosa. Só mesmo um viciado em livros é que procuraria uma livraria hoje e com um tempo desses.

– Mas não temos um único cliente na loja.

– Tente ver o lado positivo da questão: quanto menos clientes entrarem, menor é a probabilidade de o último livro fazer mal a alguém.

– Mas se nós não tivermos clientes, mais vale fechar a livraria.

– Não há motivos para fechá-la. Esta situação não vai durar muito mais tempo. A resolução do caso do último livro está próxima. E depois pode ser uma grande publicidade para você.

Vera sorriu amargamente.

– Não é desse tipo de publicidade que eu gostaria.

Bebemos nosso chá em silêncio durante alguns momentos. Meu vigor mental regressou rapidamente. Eu sabia que duraria menos tempo, mas isso não estragou minha boa disposição.

– O que vamos fazer em relação à Olga? – perguntou Vera depois de colocar a xícara vazia no tabuleiro.

– Em relação à srta. Bogdanović?

– Será que devemos avisá-la de que o último livro está de volta à livraria?

Balancei a cabeça.

– É melhor ela não saber. Ficaria preocupada sem necessidade.

– Mas se alguma coisa acontecer no turno dela...

– Não há de acontecer nada. Duvido que venham a ter muitos mais clientes esta tarde. Além disso, vocês têm proteção especial. – Levantei os olhos. – Não é verdade, comissário Milenković?

Evidentemente não surgiu qualquer resposta vinda do teto. Após ter bebido o chá, voltei a examinar as estantes. A sensação de *déjà lu* tinha desaparecido, por isso conseguia concentrar-me nos títulos sem me sentir atrapalhado. Estava ali a trabalho, mas não demorei a me sentir a passeio, provavelmente por causa do chá. Parei de procurar o último livro, pensando comigo que era um esforço em vão. Em vez disso, fiz algo mais agradável e inócuo. Pus-me a escolher os livros que compraria e leria quando as coisas se acalmassem.

Fiquei tão entretido que perdi a noção do tempo. Quando a srta. Bogdanović apareceu, achei que passava pouco da uma hora, mas já eram duas e vinte. Tinha regressado à maneira antiga de se apresentar: cabelo liso, traje escuro, sapatos baixos. O rosto não apresentava quaisquer vestígios de maquiagem. A irradiação matinal tinha desaparecido completamente.

Ela parecia pouco à vontade de me encontrar na livraria. Quando Vera foi à sala dos fundos para buscar o casaco, Olga falou comigo em voz baixa.

– Contou a ela que eu fui lhe fazer uma visita?

– Por que motivo haveria de fazer isso? – perguntei, com voz igualmente suave. – Foi uma visita profissional.

Ela olhou para mim de forma penetrante durante um longo momento.

– Profissional, claro.

Vera apareceu junto à porta, segurando o casaco e o guarda-chuva.

– Espero que tenha mais sorte – desejou ela à srta. Bogdanović. – Não entrou ninguém o dia todo.

– Ninguém?

Ela hesitou por momentos.

– Com exceção de nós dois, ninguém pôs os pés na livraria.

– Talvez os clientes comecem a vir agora, quando estiver sozinha. Os amantes de livros não gostam de policiais que instalam escutas.

– Olga, por favor…

– Estou brincando. O inspetor Lukić não se importa, não é?

– Como poderia me importar? – perguntei, vestindo o casaco. – Eu também não gosto que a polícia me vigie. Talvez por também ser um amante de livros.

– Mas claro, como pude me esquecer disso?

– Vamos embora – disse Vera apressadamente, impedindo que as primeiras chispas se incendiassem.

Já tínhamos aberto a porta para sair quando Vera se virou e sorriu.

– Até logo.

Seus lábios finos também se recurvaram um pouco.

– Até logo.

A chuva abateu-se pesadamente sobre o guarda-chuva assim que pusemos o pé fora do abrigo do pequeno toldo.

– Alguma sugestão? – perguntou Vera, dando-me o braço.

– Eu estou mesmo precisando de mais uma xícara de chá.

– Para "trabalho de cabeça"?

– Não serviria muito. Minha cabeça não vai conseguir trabalhar mais antes de dormir um pouco.

– Não conheço nenhum chá que seja bom para dormir.

– Ouvi dizer que o de figo também pode ser usado para esse fim.

33

Corri durante muito tempo antes de perceber a mudança. Nada perturbava a uniformidade das paredes forradas de veludo que se encontravam à minha volta. As portas tinham desaparecido. Parei confuso. O corredor estendia-se infinitamente diante de mim. Por que haveria de continuar avançando na mesma direção, se não chegaria a lugar nenhum? Devia dar meia-volta e avançar no sentido oposto.

Virei para o outro lado e olhei na direção contrária, que também era interminável. Nesse preciso momento percebi por que estava correndo. Fugia de algo. Nada me perseguia, mas eu sabia que um perigo me espreitava em algum lugar. Não me atrevi a seguir naquela direção. Tinha de continuar a avançar na outra. Talvez as portas voltassem a aparecer. A infinitude é muito longa.

Mas afinal até se revelou bastante curta. Quando me virei novamente, já não me encontrava diante de um corredor sem fim. O fim estava mesmo à minha frente. O corredor terminava numa parede com uma porta. Era diferente de todas as que tinha visto antes. Não fazia parte do fundo de veludo, nem permitia que fosse vista apenas por uma fenda ao longo das bordas. A porta que tinha diante de mim era feita de madeira castanha maciça, com uma maçaneta ornamentada em latão.

Também ostentava uma placa de latão colocada à altura do rosto. Tive de recuar um pouco para ler o que dizia: ÚLTIMO LIVRO. Que coisa mais estranha para se escrever numa porta. Encostei o ouvido na placa e tentei ouvir, mas não distingui nada. Esperei um pouco e depois bati. Ninguém respondeu.

Passaram-se alguns momentos antes que eu girasse a maçaneta e a puxasse cautelosamente. Esperei que finalmente alguém dissesse alguma coisa do outro lado, mas do interior veio apenas silêncio. Quando a abri o suficiente, enfiei a cabeça lá dentro.

Estava preparado para todo tipo de coisas estranhas, mas não para um cômodo comum. As paredes estavam quase completamente forradas de estantes. No meio da sala encontrava-se uma mesa baixa, redonda, com tampo de vidro, entre três cadeiras de braços. Sobre ela havia um vaso, de onde sobressaíam três flores cor de tijolo. Os dois cantos visíveis exibiam alto-falantes altos e estreitos.

Diante da porta, deparei-me com uma mesa enorme. A única luz provinha de uma luminária que se encontrava junto a um monitor, cujo reflexo iluminava o teclado e o mouse, que se achava sobre uma base amarela. Uma cortina fechada, opaca e de tom vermelho-escuro cobria a janela por trás da mesa.

Permaneci diante da porta, relutante em entrar. Não tinha ninguém lá dentro, mas de qualquer maneira já estava invadindo a propriedade alheia. Que motivo teria eu para entrar no escritório de outra pessoa? De repente, tive a sensação de que o cenário que tinha diante de mim não me era completamente estranho. Era como se já o tivesse visto antes, mas provavelmente isso se devia ao fato de todas as salas onde os escritores trabalham serem parecidas.

De qualquer maneira, o ambiente parecia muito mais acolhedor do que o corredor escuro onde eu me encontrava. Entrei e fechei a porta, pensando que me ocorreria uma desculpa se o proprietário aparecesse. De qualquer forma, não tencionava fazer nada de censurável. Iria apenas dar uma olhada. Adoro livros.

Dada a fraca iluminação, não conseguia ler todos os títulos, mas entre aqueles que eu conseguira ler não existia nenhum que eu não quisesse ter na minha própria biblioteca. Se o dono aparecesse, poderia lhe fazer uma oferta para comprar todos os livros. Mesmo sem me dar ao trabalho de verificar mais nada, fiquei convencido de que iria gostar de todas as obras, incluindo aquelas que não conseguia ver.

Depois de ter concluído a verificação das estantes em todas as quatro paredes, parei brevemente no meio da sala, meditando no que faria a seguir. Poderia ler um dos livros, mas achei que seria melhor deixá-los em paz. Provavelmente, o dono não gostaria que o fizesse. Eu também não gostaria que um estranho metesse o nariz na minha biblioteca.

Sentei-me numa das cadeiras e fiquei ali até minha paciência se esgotar. Eu não tinha chegado até tão longe, naquele corredor interminável, para permanecer assim, sentado ociosamente. Levantei-me e dirigi-me para a única parte daquela sala onde ainda não tinha ido. Puxei a cadeira para trás, fazendo-a rolar sobre as rodas, e sentei-me diante da mesa.

Deixei as mãos sobre o colo. Aqui tinha menos direito ainda de mexer nas coisas. Mas não tive de tocar em nada. Como se tivesse reagido à minha presença, o monitor ganhou vida no momento em que olhei para sua superfície escura. Um fundo branco substituiu o negro e depois começou a aparecer um texto na parte superior. Tudo sem a minha intervenção.

Ouvi o som de alguém digitando no teclado, mas minhas mãos continuavam no meu colo. Meus olhos recaíram nas teclas à minha frente. Subiam e desciam como se dedos invisíveis estivessem tocando nelas. Ergui novamente os olhos na direção do monitor. *O parágrafo acabara de ser escrito.* Aproximei-me e comecei a ler.

> *Ouvi o som de alguém digitando no teclado, mas minhas mãos continuavam no meu colo. Meus olhos recaíram nas teclas à minha frente. Subiam e desciam como se dedos invisíveis estivessem tocando nelas. Ergui novamente os olhos na direção do monitor. O parágrafo acabara de ser escrito. Aproximei-me e comecei a ler.*

Não fiquei à espera de que a escrita prosseguisse. Saltei da cadeira, deixando-a cair no chão, e precipitei-me para a porta. Mas a parede onde ela deveria estar achava-se agora completamente forrada de livros. Virei-me, aterrorizado, pensando que me encontrava no lado errado e que a porta era na outra parede. Mas estava completamente rodeado de estantes. Não havia maneira de sair daquela sala. Senti-me ensurdecer com o grito estridente que saiu da minha boca.

34

Assim que ouviu meu grito, Vera correu para o quarto. Sua expressão de terror refletiu melhor o meu aspecto do que um espelho. Estava sentado na cama, fitando o vazio, com olhos tão grandes quanto um prato. Ela hesitou alguns instantes antes de se aproximar de mim, mas depois se sentou ao meu lado e pousou a mão em minha face.

– Outra vez?

Olhei para ela durante vários segundos, como se não conseguisse reconhecê-la, antes de concordar com a cabeça.

– Isto está se tornando um caso sério. Não podemos nos arriscar a fazer amor novamente.

Pousei a cabeça em seu ombro e ela começou a me afagar o cabelo.

– Faremos amor, sim. Não terei mais pesadelos.

Ela se afastou. Levantei a cabeça.

– Como sabe?

– Simplesmente sei. Acabou.

– O que é que acabou?

Não respondi imediatamente. As palavras não me ocorriam.

– Tudo... – respondi por fim, consciente de como a minha resposta era insuficiente e confusa.

– Tudo? – repetiu ela.

Passei os dedos pelo cabelo e olhei através da janela. A chuva caía na escuridão da noite.

– Continua chovendo – observei, mudando de assunto. Ainda não estava pronto para adiantar uma explicação.

Ela me fitou com ar intrigado, mas depois aceitou a mudança com delicadeza.

– Amanhã o tempo finalmente vai melhorar. Ouvi no noticiário.

– Já não era sem tempo. Por falar em tempo, sabe que horas são?

– São quase nove horas.

– Nove? Não devia ter me deixado dormir até tão tarde.

– Se soubesse que estava tendo um pesadelo, teria te acordado. Mas tive esperança...

Pensei em dizer que não ter me acordado tinha sido uma boa ideia, mas isso teria nos conduzido de novo ao tema que eu agora pretendia evitar.

– Na verdade foi mais um pesadelo fora de hora.

Ela sorriu.

– Sim, completamente. Havia outra razão para te acordar, mas não cheguei a fazê-lo. Seu celular novo tocou. Levei os dois para fora do quarto.

– O novo? – perguntei eu, espantado.

– Sim, o novo. E logo depois alguém te enviou uma mensagem.

– Mas como é que isso é possível? Você é a única pessoa que conhece meu novo número.

Ela encolheu os ombros.

– Talvez a agência... – afirmei, mas depois me lembrei. – A srta. Bogdanović!

Quase pulei para fora da cama.

– Olga?

– Sim. Dei a ela meu número novo. Pedi para telefonar primeiro para mim caso acontecesse alguma coisa na livraria.

– Você não me disse nada. Se eu soubesse, teria te acordado.

– Esqueci. Foi um erro da minha parte, mas não pensei que fosse importante.

– Talvez não seja nada grave, senão ela teria telefonado para mim depois de não ter conseguido falar com você.

– Esperemos que sim. Onde é que estão os telefones?

– Na cozinha.

Corremos ambos para lá. Peguei o telefone novo. A chamada não atendida tinha sido feita às 20h07.

– Este é o número dela? – perguntei a Vera, exibindo-lhe o pequeno mostrador.

Ela anuiu com a cabeça.

A mensagem tinha sido enviada pelo mesmo número. Tinha chegado seis minutos mais tarde. Comecei a ler.

> TELEFONEI MAS NINGUÉM ATENDEU. PEDIU PARA LIGAR SE ACONTECESSE ALGUMA COISA. TALVEZ ISTO SEJA IMPORTANTE. QUANDO ESTIVE AQUI NO SÁBADO, UM CLIENTE RESERVOU UM LIVRO, LEMBRA? GUARDEI-O DEBAIXO DO BALCÃO. ESTAVA PREVISTO QUE VIESSE BUSCÁ-LO HOJE, MAS ELE NÃO APARECEU. QUANDO FUI GUARDÁ-LO NOVAMENTE NA ESTANTE, VI QUE SE TRATAVA DE UM LIVRO DIFERENTE. O TÍTULO ERA AQUELE A QUE O PROFESSOR NEDELJKOVIĆ TINHA SE REFERIDO: "O ÚLTIMO LIVRO". ME LIGA.

Bati na testa com a palma da mão.

– Mas é claro! Sou mesmo idiota...

– O que aconteceu? – Perguntou Vera, com a voz sumida.

Entreguei a ela o telefone. Esperei ansioso que ela acabasse de ler.

– Dejan... – começou ela.

– Anda! Liga para ela!

Sua mão tremia enquanto digitava o número. No instante em que pensei que ninguém iria responder, alguém atendeu.

– Maja? Onde está Olga?

O rosto dela empalideceu enquanto escutava sem proferir palavra. Procurou uma cadeira e se sentou.

– Estou a caminho – assegurou antes de desligar.

Ergueu os olhos e me fitou. Ficaram vidrados e cheios de lágrimas.

– Olga... – soluçou. – Está morta.

Debrucei-me sobre ela e a abracei. Ela se levantou da cadeira e grudamos um no outro. Podia sentir os soluços estremecendo-lhe o corpo.

– O que houve? – perguntei suavemente depois de ela ter se recuperado um pouco.

– Maja é a irmã de Olga. Moram juntas. Ou melhor, moravam...

Começou novamente a chorar. Esperei que ela se acalmasse, afagando-lhe o cabelo.

– Olga havia levado o livro para casa. Caiu dura assim que o abriu. Logo chegou uma ambulância, mas ela já estava morta. Acabaram de levá-la para o Instituto de Medicina Forense...

– E o que aconteceu ao livro?

Repeti a pergunta porque ela ficou olhando para mim inexpressivamente, como se não tivesse entendido.

– Também levaram o livro – respondeu ela por fim. – Tenho de ir ver Maja.

Dei-lhe um beijo na testa.

– Vou até o instituto. Ligo assim que souber de alguma coisa.

35

Passei correndo pelo porteiro à entrada do instituto. Era o mesmo do dia anterior e estava novamente assistindo televisão. Gritou qualquer coisa, mas eu não me virei e ele não veio atrás de mim.

Meus passos ressoaram bastante alto ao longo dos corredores escuros e das escadas do edifício, enquanto me apressava para chegar ao gabinete do dr. Dimitrijević. Não acendi quaisquer luzes pelo caminho e guiei-me pela luz fraca que vinha da rua e entrava através das janelas enormes. Quando cheguei diante da porta, bati com força. Em retorno, obtive apenas silêncio. Girei a maçaneta, mas não adiantou.

Fiquei indeciso por alguns momentos e depois me dirigi para o necrotério. A porta também se encontrava trancada. Bati com os punhos no metal branco com a frustração que sentia, mas não consegui nada a não ser fazer barulho.

Pensei em procurar o porteiro, mas depois me ocorreu que podia telefonar para o dr. Dimitrijević. Enfiei a mão no bolso, peguei o celular e percebi que seria impossível. Aquele era o telefone novo. O velho tinha ficado em cima da mesa da cozinha de Vera. Com a comoção da saída, tinha esquecido lá, e era nele que eu tinha o número do médico gravado.

Se Vera ainda estivesse em casa, poderia ter lhe telefonado, mas não estava. Tínhamos saído juntos. Já estava a caminho do térreo quando me ocorreu que a memória do meu velho telefone não era a única que eu podia usar. Eu também tinha uma. Sempre tivera facilidade de guardar números. Depois de um esforço intenso, finalmente um número veio à tona, das profundezas da minha memória. Não tinha certeza se era o certo, mas o que tinha a perder? Bastaria desligar se estivesse errado. Digitei o número rapidamente.

Suspirei profundamente quando ouvi a voz do dr. Dimitrijević logo ao fim de dois toques.

– Alô?

– Inspetor Lukić.

– Inspetor! Estou tentando contatá-lo há bastante tempo, mas ninguém atendia.

– O celular para o qual ligou não está comigo.

– Tenho de vê-lo imediatamente. Onde está?

– No instituto.

– Já está aí? Então já sabe?

– Sim, já sei. Procurei-o no seu escritório e depois no necrotério, mas estavam ambos trancados.

– Encontra-se junto ao necrotério neste momento?

– Sim.

– Vou até aí.

Enquanto esperava por ele, constatei quão conveniente tinha sido esquecer o telefone antigo. Se o tivesse usado, outros ouvidos nos teriam escutado.

Não tardei a ouvir passos rápidos vindos de uma das pontas do corredor. Encaminhei-me naquela direção, ao encontro do dr. Dimitrijević.

– Pensei que estivesse ali dentro – eu disse quando nos encontramos, apontando com o polegar para o necrotério.

– Não é necessário fazer autópsia. Não iríamos encontrar qualquer causa para a morte da srta. Bogdanović. Venha comigo.

Voltamos a caminhar na mesma direção de onde eu tinha vindo.

– Para onde vamos?

– Vamos até a câmara.

– Até a câmara?

– É uma câmara hermeticamente fechada para examinar amostras altamente infecciosas, venenosas ou radioativas.

Interrompi a marcha. O dr. Dimitrijević deu mais dois passos, depois também parou e olhou para mim com ar intrigado.

– O livro... – murmurei eu.

Ele concordou.

– Existe alguém que queira examiná-lo?

– Sim. A dra. Vidić acabou de entrar.

– Ela não pode fazer isso! – gritei, e pulei na direção do dr. Dimitrijević, puxando-lhe a manga. – Leve-me até lá imediatamente!

Ele fez um ar perplexo, demonstrando vontade de me perguntar algo, mas se conteve. Seguiu à minha frente, enquanto nos precipitamos escada abaixo até o primeiro andar, atravessamos um corredor comprido e atingimos finalmente uma porta de metal que não tinha uma fechadura simples. O médico retirou um cartão do bolso frontal do avental branco e deslizou-o por uma fenda no mecanismo da porta. Quatro luzinhas vermelhas piscaram e depois tornaram-se verdes. Ele teve de usar ambas as mãos para puxar a maçaneta e abrir a porta.

Precipitei-me antes dele. O centro da sala branca continha uma câmara cilíndrica com cerca de dois metros de diâmetro que ia do chão até o teto. Dei dois passos e alcancei a porta redonda, que continha uma pequena janela à altura do rosto, e olhei lá dentro.

Se não soubesse que era a dra. Vidić, não a teria reconhecido. Vestia um traje de plástico amarelo, como o dos mergulhadores, que a cobria completamente e tinha um capacete na cabeça. Atrás dela, erguia-se uma estante cheia de instrumentos cromados, garrafas e outros recipientes de vidro. Estava sentada diante de uma mesinha no meio da câmara. Um livro repousava em cima desta. Fechado.

Bati na pequena janela freneticamente. O capacete virou-se em minha direção. Um rosto maquiado de maneira extravagante olhou para mim através do visor. Ela sorriu.

– Não abra o livro! – gritei.

Ela bateu no capacete na zona dos ouvidos e depois abanou a cabeça.

– Não consigo ouvi-lo. – Sua voz saiu de um alto-falante colocado em algum lugar atrás de mim.

O dr. Dimitrijević pousou a mão no meu ombro.

Indicou um dos botões junto à fenda do cartão num pequeno painel perto da porta.

Pressionei-o com uma força desnecessária.

– Não abra o livro! – gritei novamente.

O sorriso dela alargou-se nos lábios de cor viva.

– Não tenha medo, inspetor. Estou segura. Não vai me acontecer nada.

– Não está entendendo! Não é um livro normal. Se abri-lo, ele vai matá-la!

– É claro que não me vai matar, por mais fora do normal que possa ser. Agora vamos descobrir o seu segredo.

Virou a cabeça outra vez na direção da mesa. Estendeu a mão para abrir o livro, mas parou a meio caminho. Voltou a olhar para mim, sempre sorrindo.

– A noite passada sonhei com o senhor, inspetor. Me pregou um susto daqueles. Tinha duas caras. Tenho de lhe contar o meu sonho quando sair daqui.

Apertei veementemente o botão outra vez.

– Não!

Meu grito parecia ainda ressoar na sala branca enquanto eu a observava, com o rosto encostado à janela, impotente para fazer o que fosse, levantando a capa. No início não aconteceu nada. Parecia uma leitora vestida de forma estranha, lendo, absorta, um livro comum. Mas depois sua cabeça caiu sobre a mesa, cobrindo o volume azul.

36

Quando me virei, alarmado, para o dr. Dimitrijević, para pedir que abrisse a câmara, alguém começou a bater ferozmente na outra porta. Olhamos um para o outro e ele correu até a entrada da sala branca.

O comissário Milenković entrou de rompante. Antes de o médico fechar a porta, vislumbrei dois homens de terno posicionados diante dela.

– Onde está? – perguntou o comissário, sem perder tempo.

Podia ter tentado dizer alguma coisa se tivesse tido oportunidade, mas agora a dra. Vidić era mais importante. Agarrei-me a uma vaga esperança de que talvez pudéssemos ajudá-la, embora soubesse que era tarde demais. Apontei para a câmara.

– Está lá dentro. Doutor, abra isso! Agora!

Ele já havia colocado o cartão na fenda, mas ainda não o tinha passado. Permaneceu encostado à janela por alguns instantes, depois retirou o cartão e afastou-se da porta.

Balançou a cabeça.

– Não posso correr esse risco...

O comissário aproximou-se da câmara e olhou para o interior.

– O que aconteceu? – perguntou ele, virando-se para trás.

– Ela entrou para examinar o livro – respondeu o médico, agora com a voz mais hesitante. – Aconteceu qualquer coisa. Não consigo entender. Ela estava completamente protegida.

– Abra esta coisa, pelo amor de Deus! – gritei. – Não podemos deixá-la assim.

O médico voltou a abanar a cabeça.

– Não posso correr esse risco. Podemos ser todos contaminados. Isto é algo... muito perigoso.

– Ninguém será contaminado! – afirmei, continuando a gritar. – Se ninguém o abrir, o livro é inofensivo. Trouxe-o até aqui e não sofreu nada.

O médico afastou-se um pouco mais da câmara. Olhei para o comissário Milenković. Permanecemos completamente imóveis durante apenas dois ou três segundos, que pareceram infinitamente longos.

– Dê-me o cartão – pediu o comissário intransigentemente, estendendo a mão.

O médico hesitou uns instantes antes de entregá-lo.

O comissário permaneceu imóvel por uns segundos com o cartão na mão, como se não tivesse certeza se deveria usá-lo ou entregá-lo a mim. Mas depois virou-se e passou o cartão na fenda. Acenderam-se quatro luzinhas verdes, como no corredor. Não foi necessário fazer qualquer esforço para abrir a porta. Abriu-se sozinha. O comissário afastou-se.

O interior era muito pequeno para que entrássemos os dois. Se tivesse tido oportunidade, teria entrado primeiro, mas o comissário estava mais perto. Parou à entrada durante uns segundos e depois entrou. Aproximei-me para ver melhor e para ajudá-lo a carregar a dra. Vidić.

Primeiro colocou três dedos em sua veia jugular. O fino plástico do traje obrigou-o a manter a pressão durante mais tempo do que o habitual. Por fim, virou a cabeça para mim e balançou-a.

Atrás de mim, o dr. Dimitrijević soltou um suspiro e um soluço. Seu senso de humor cínico, que costumava ajudá-lo a superar os encontros diários com a morte, não era agora proteção suficiente.

O comissário colocou-se atrás da cadeira, segurou a dra. Vidić por baixo dos braços e começou a puxá-la para cima. O capacete amarelo ficou pendurado de forma desarticulada. Ele voltou a sentá-la na cadeira. Pensei que ia levantá-la completamente, mas ele retirou as mãos e olhou para a mesa. Depois voltou-se para o médico e para mim e repetiu a pergunta que tinha feito quando chegara.

– Onde está?

Eu não entendi logo o que ele queria dizer.

– O livro – acrescentou ele com impaciência, ao ver a incompreensão estampada em meu rosto.

Inclinei-me um pouco para a direita para conseguir ver melhor a mesa que, daquele ponto, encontrava-se parcialmente escondida. Não tinha nada em cima. Encolhi os ombros.

O comissário olhou primeiro para o colo da dra. Vidić, depois agachou e inspecionou por baixo da mesa e ao redor. A seguir endireitou-se e permaneceu parado por alguns instantes. Quando saiu, percorreu pela última vez o espaço exíguo da câmara com um olhar atento e fechou a porta.

– Têm certeza de que o livro estava lá dentro?

A pergunta era dirigida a ambos. O dr. Dimitrijević foi o primeiro a responder.

– Absoluta. Ela o levou para lá.

O comissário virou-se para mim.

– Eu a vi abrindo-o – afirmei. – Tentei dissuadi-la, mas ela não me deu ouvidos. Caiu dura em cima da mesa, sobre o livro.

O comissário permaneceu em silêncio durante algum tempo, fitando-me com dureza.

– Por quê? – perguntou por fim.

– Por que o quê?

– Por que tentou impedi-la de abrir o livro?

– Porque todos os que o abriram morreram.

– Mas isso não faz sentido – alvitrou o médico. – Aberto ou fechado, o livro não podia ter feito mal a Sonja. Ela usava uma armadura que era impenetrável para qualquer tipo de germe ou veneno. Até mesmo para a radiação. Estava fechada num casulo hermético.

– O casulo não era completamente impenetrável – disse eu num tom de voz um pouco mais suave.

O médico olhou para mim com ar circunspeto.

– O que quer dizer com isso?

Não respondi imediatamente. Olhei para o comissário Milenković.

– A viseira.

– A viseira? – repetiu o médico. – O que poderia passar por um vidro com a espessura de um dedo?

– Aquilo que a dra. Vidić viu.

O médico abanou a cabeça.

– Não estou entendendo.

– O que a doutora viu quando abriu o livro?

– Algum texto, suponho. Que mais pode ter sido?

– Isso mesmo, o texto do livro.

Ele olhou para mim sem proferir palavra.

– E?

O silêncio que nos rodeava foi quebrado pelo comissário, que também falou num tom mais baixo.

– Ela morreu porque leu o último livro?

– Como os outros – respondi eu. – O livro não foi envenenado. Ninguém está imitando *O nome da rosa*. É mais complexo. O que está escrito no livro, seja o que for, mata.

– Isso é... isso é... – balbuciou o dr. Dimitrijević, tentando encontrar as palavras certas – ... vudu puro e simples.

– Tem alguma explicação que seja menos vudu? – perguntou o comissário.

– Não, não tenho, mas estou convencido de que existe uma explicação natural...

– Talvez esta não seja antinatural – declarei eu. – Apenas implica que temos de expandir a definição de explicação natural...

– Não esperava que dois polícias sérios se comportassem de maneira tão pouco razoável...

– É difícil se ater à razão quando um livro desaparece de uma câmara fechada diante dos nossos olhos.

Pensei que o médico responderia, mas sua única reação foi abanar a cabeça.

– Como é que chegou a essa conclusão? – perguntou o comissário.

– Através dos meus sonhos – esclareci eu, dizendo a verdade depois de hesitar um pouco. – Acontece-me frequentemente. Tenho sonhos extraordinários.

– Sorte a sua. Eu não costumo me lembrar dos meus. – Fez uma pausa. – O que pode estar escrito no último livro que seja tão mortal?

Encolhi os ombros.

– Não faço a mínima ideia – menti.

37

O comissário Milenković partiu em seguida, mas permaneci na sala até os enfermeiros chegarem para transportar o corpo da dra. Vidić. Quando a levaram para o necrotério, o dr. Dimitrijević quase entrou em colapso. Nem sequer tentou dissimular as lágrimas. Percebi que sentia algo mais profundo do que simples desgosto pela perda de uma colega.

– Não vou conseguir fazer a autópsia – confidenciou ele, a voz devastada. – Terei de pedir a um colega...

– Mas por que razão é necessário fazê-la? Já se sabe que não encontrará nada.

– É por causa do protocolo. Não foi uma morte natural. A srta. Bogdanović também terá de ser submetida ao mesmo procedimento.

– Por que foi a dra. Vidić quem examinou o livro?

– Foi ela que insistiu. Sempre foi muito ambiciosa. Não devia ter permitido que ela o fizesse. Deveria ter sido eu a entrar na câmara.

– Mas teria agido de outra forma, se estivesse no lugar dela?

Ele olhou para mim em silêncio por uns instantes.

– Está me perguntando se teria lhe dado ouvidos, desistindo de abrir o livro? Não, não teria. Mas teria sido melhor ser eu a morrer do que ela. Era tão nova...

– Se ela tivesse me dado ouvidos, ainda estaria viva.

– Ela estava convencida de que se encontrava totalmente protegida. Como é que ela poderia saber? Embora tenha testemunhado todo o episódio, continuo a não aceitar o que aconteceu. Foi tão pouco... científico. Que espécie de livro medonho é esse? Como é possível que tenha desaparecido?

Balancei a cabeça.

– Não sei. Mas dava tudo o que tenho para descobrir. – Fiz uma pausa. – Se é que isso é possível – acrescentei em voz baixa.

Ele limpou as lágrimas dos cantos dos olhos.

– Então, e se aparecer outra vez em algum lugar?

– Pelo menos agora já sabemos que é inofensivo até ser aberto.

– Alguns de nós até sabem disso, mas outros não. Pode aparecer de novo na Papyrus, ou em outra livraria qualquer, e permanecer à espera de ser aberto por mais uma vítima incauta.

– Não vai aparecer de novo.

Ele olhou para mim desconfiado.

– Como é que sabe?

– Por intuição.

– Isso também não é muito científico.

– Temo não poder lhe oferecer nada que seja mais científico neste momento. Preciso ir embora.

Toquei-lhe o ombro e depois trocamos um aperto de mão. Queria lhe dizer mais alguma coisa antes de nos separarmos, mas não me ocorreu nada que pudesse consolá-lo. Nem sequer lhe desejei um boa-noite, porque não me pareceu apropriado. A noite que se perfilava diante dele iria ser tudo menos boa.

O porteiro estava de pé. Seguiu-me com os olhos quando passei por ele, mas não me disse nada. Já me encontrava a meio caminho do local onde tinha deixado o carro, quando percebi que faltava algo. Olhei ao redor, confuso, mas depois entendi. Faltava o percutir regular da chuva; tinha parado de chover. Ergui os olhos. Naquele local, a iluminação da rua não era muito forte, por isso pude contemplar o céu noturno, onde cintilavam diversos pontinhos. Sorri. Havia semanas que não via as estrelas.

Entrei no carro, mas não arranquei imediatamente. Percorri o estacionamento quase vazio com o olhar, depois peguei o telefone e liguei para Vera.

– Sou eu – anunciei quando ela atendeu. – Onde está?

– Ainda estou com a Maja. – O tom de voz dela soou-me deprimido. – E você?

– Acabei de sair do Instituto de Medicina Forense. – Fiz uma pausa. – Não tenho boas notícias.

Vera permaneceu silenciosa por uns instantes.

– Não esperava outra coisa. O que se passou?

– O livro fez mais uma vítima.

O silêncio voltou a se instalar por alguns momentos.

– Quem?

– A dra. Vidić. Lembra-se dela?

– O que aconteceu?

– Ela resolveu abrir o livro, apesar de eu ter avisado para não fazer isso.

– Esse livro horrível! – A voz de Vera tornou-se mais forte. – Conseguiu finalmente apanhá-lo?

– Não, não consegui. Desapareceu.

Fizemos uma pausa na conversa novamente.

– Como é possível que tenha desaparecido?

– Conto quando nos encontrarmos. Vai ficar aí muito mais tempo?

– Talvez passe a noite. Ela precisa de mim.

– Com certeza. Então telefono amanhã.

– Amanhã vou à Papyrus. Tenho de afixar um aviso informando que a livraria não abrirá durante algum tempo.

– Vera...

– Por favor, não vamos discutir isso agora – pediu ela, interrompendo-me. – Falamos amanhã. Até logo.

Ela desligou o telefone antes que eu tivesse oportunidade de me despedir. Fiquei magoado durante alguns instantes, mas não a levei a mal. Não podia, porque sabia perfeitamente como ela estava se sentindo. Certamente ela me considerava responsável por tudo o que acontecera. Com razão. Se eu não estivesse dormindo, a amiga ainda estaria viva.

Liguei o carro e fui para casa. Já haviam decorrido vários dias desde a última vez que tinha ido para lá. Felizmente, não tinha animais de estimação que precisassem de cuidados. As três flores cor de tijolo que se encontravam no vaso sobre a mesinha de café no meu escritório eram as únicas que necessitavam da minha atenção. Assim que chegasse, colocaria água. Desejei que não tivessem murchado.

38

Quando o celular tocou, estava preso no trânsito da hora do rush, a caminho do trabalho. Tocou sete vezes antes que eu conseguisse encostar o carro e atender.

– Vera! – exclamei, sem esperar para ouvir a voz dela. Era o novo número que aparecia no visor, por isso não podia ser mais ninguém.

– Dejan! Estava quase desistindo.

– Estou no carro. Não consegui atender mais depressa. Onde está?

– Estou na frente do salão de chá.

– O que está fazendo aí? – perguntei, perplexo.

– Você pediu para ligar se visse o paciente que costuma deixar os próprios livros na livraria.

– Sim?

– Ele apareceu. Queria entrar na Papyrus, mas eu mantive a porta trancada. Mostrei o aviso que dizia que a livraria se encontrava fechada. Depois ele empunhou um livro.

Calou-se.

– Vera?

A voz dela tremia.

– Finalmente o vi.

– Mas está tudo bem. O que aconteceu depois?

– Foi embora. Eu não sabia o que fazer. Vesti o casaco e saí para te ligar, de maneira que mais ninguém me ouvisse. Ele não foi para muito longe. Parou mais adiante, como se estivesse à minha espera.

– E? – perguntei, após mais um momento de silêncio.

– Peguei o telefone, mas ele começou outra vez a andar. Hesitei um pouco, mas depois fui atrás dele. Estava prestes a discar quando ele chegou ao salão de chá. Virou-se para mim e depois entrou. Eu me aproximei da porta e depois te liguei. O que devo fazer? Acha que devo entrar também?

– Não! – respondi quase gritando. – Espere por mim na rua. Vou para aí o mais rápido possível.

Já estava quase desligando quando ouvi a voz de Vera novamente.

– E o comissário?

– O que é que tem ele?

– Não deveria ligar para ele? Ele também me pediu, lembra?

– Ligue – respondi após um momento de hesitação. – Mas não já. Espere um pouco. Você está com o outro celular?

– Não, mas tenho o seu outro telefone. Peguei hoje de manhã, quando dei um pulo no meu apartamento.

– Excelente. Ligue desse.

Enfiei o celular novamente no bolso, coloquei rapidamente a luz rotativa no teto do carro, liguei a sirene e voltei ao trânsito com as rodas cantando. Ouvi, atrás de mim, a buzina do carro contra o qual quase colidi.

Demorei trinta minutos para chegar ao salão de chá, embora parecesse que demorara muito mais. Escapei por pouco de mais dois acidentes.

Vera encontrava-se diante da entrada, com ar ansioso. Dei-lhe um beijo, mas ela mal me retribuiu.

– Estão todos lá dentro – ela informou, suavemente.

– Todos? – repeti.

– Não tive tempo de ligar para o comissário. No minuto em que estava digitando o número, ele apareceu correndo na minha direção com mais seis ou sete homens: não fez mais do que acenar com a cabeça e entrar apressadamente no salão de chá.

Tive vontade de dar um tapa na testa.

– Ele sabe meu novo número porque foi dele que telefonei para o dr. Dimitrijević na noite passada, e também deve estar interceptando as ligações do médico. Devia ter relacionado as coisas.

– Mas não é tudo...

Olhei para ela, confuso.

– O que é que tem mais para me contar?

– Entraram outros logo a seguir.

– Mas que outros?

– Os que estiveram na livraria ontem de manhã. Mas não vieram todos: talvez fossem uns quinze. Reconheci alguns. O Einstein era um deles. Sorriu para mim...

Fiquei a olhar para Vera, estupefato.

– Subestimei a ordem. Mais um deslize meu.

– E agora? – indagou ela.

– Lá vou eu entrar também no salão de chá. Não tenho outra escolha. – Sorri. – E também não posso perder o desfecho, não é?

– E eu?

– E você o quê?

– Não está achando que vou ficar aqui no meio da rua, ou está? Quero entrar com você.

Abanei a cabeça.

– Não. Pode ser perigoso.

– Mas não vai ser.

– Como sabe?

– Intuição.

– Vera... – comecei, mas ela me interrompeu.

– Fez mal de não ter me levado àquela mansão. Quer cometer mais um erro?

Eu não tinha tempo para pensar numa maneira de impedi-la, e ela estava cada vez mais perto da porta do salão de chá. Virou-se, abriu a porta e entrou. A única coisa que pude fazer foi correr atrás dela.

39

Nossos olhos, acostumados ao dia ensolarado, se bem que frio, demoraram algum tempo para se adaptar ao ambiente sombrio e avermelhado do salão de chá. Paramos junto à porta de entrada. Antes de conseguir ver distintamente, uma voz familiar soou diante de mim.

– Bem-vindos.

O velho proprietário encontrava-se atrás do balcão, sorrindo. A seu lado estavam duas outras figuras, vestindo paletó. Uma delas era familiar: a menina de doze anos que eu pensara ser um rapaz. Mas qual seria ela entre os dois gêmeos idênticos que fizeram a devida mesura e sorriram também?

Quando o pai os apresentou para nós, o mistério apenas continuou.

– Filho e filha.

Não indicou quem era quem.

Vera retribuiu o cumprimento num movimento breve, e fiz o mesmo.

– Por favor – disse o velho anfitrião, saindo de trás do balcão e indicando uma mesa. Poderia ter escolhido qualquer uma. Não havia mais clientes no salão de chá.

– Não viemos para tomar chá – esclareci.

– Chá muito útil agora. Já pronto.

Abanei a cabeça.

– Não temos tempo. Onde eles estão?

Ignorando minha pergunta, ele se virou para os gêmeos e fez-lhes um sinal com a cabeça. Um deles pegou um tabuleiro com duas xícaras que se encontrava atrás do balcão e trouxe-o para a mesa que o velho proprietário tinha escolhido; depois puxou as cadeiras ligeiramente para trás, convidando-nos a sentar.

Vera se antecipou novamente. Antes que eu fizesse objeção, ela se dirigiu à mesa e se sentou. Hesitei brevemente, insatisfeito por ela ter tomado a iniciativa, mas depois me sentei ao seu lado.

A outra criança tirou as xícaras do tabuleiro, colocou-as à nossa frente e depois juntou-se ao pai e ao irmão, ou irmã, que estavam ao lado da mesa. Olharam para nós, ainda sorrindo.

Vera voltou a ser mais rápida do que eu. Levou a xícara aos lábios e bebeu um pouco de chá. Seu rosto iluminou-se, mas ela não disse nada.

Ao erguer minha xícara, desconfiado, reparei que não subia qualquer vapor. Na verdade, o chá estava morno. Mas essa não foi a única surpresa. Estava convencido de que ele nos serviria chá de algas, mas este tinha um sabor incomum. Era um pouco azedo, como amora, mas diferente.

Olhei para Vera com ar intrigado e percebi que alguma coisa não estava bem. Ela tinha os olhos fixos em mim, mas parecia que não me via. Continuava com um ar sereno, mas estava paralisada, segurando rigidamente a xícara no ar, entre a boca e o pires que se encontrava pousado na mesa.

– Vera?

Ela não se mexeu.

Pousei a xícara e levantei-me da cadeira quase num pulo.

– O que é que se passa? O que deu a ela?

– Srta. Vera tudo bem – respondeu o velho anfitrião calmamente. – Esperar que volte. Agora tem avançar sozinho.

Fitei-o por alguns instantes.

– Para onde?

– Ali.

Apontou para a esquerda. Virei-me, mas apenas consegui ver cortinas de tom vermelho-escuro cobrindo uma parte da parede, entre duas mesas. Os gêmeos encaminharam-se naquela direção e abriram-nas, como se fossem cortinas de um teatro. Atrás delas estava uma porta. Um dos gêmeos segurou a maçaneta e abriu-a, enquanto o outro esboçou um gesto amplo, convidando-me a entrar.

Antes de deixar a sala, olhei mais uma vez para Vera. Parecia uma estátua viva de uma mulher bebendo chá alegremente com um amigo invisível.

Quando cheguei mais perto da porta virei-me novamente. Nada tinha mudado. O velho proprietário continuava junto à mesa, ao lado de Vera, como se a estivesse vigiando. O sorriso nunca lhe abandonara o rosto.

Pensei que os gêmeos iriam apenas me indicar o caminho, fechando a porta depois de eu passar, mas foram os primeiros a entrar. Hesitei por alguns segundos e depois os segui.

Não saberia dizer onde nos encontrávamos. Estava escuro. A escassa luz existente provinha do salão de chá. Mas até mesmo esta desapareceu quando uma mão de criança fechou a porta atrás de nós.

A escuridão total durou apenas um instante. A luz acendeu-se aparentemente sozinha, mas sua origem não era visível. Parecia vir de todos os lados, como se as paredes, o chão e o teto, forrados por um veludo desgastado de tom verde-escuro, a irradiassem.

Diante de nós estendia-se um corredor muito curto. Em ambos os lados havia uma porta, no meio de cada uma das paredes. As portas também estavam pintadas de um tom verde-escuro e eram quase invisíveis. Uma terceira porta, que se encontrava na extremidade oposta do corredor, interrompia a uniformidade do veludo. Era feita de madeira maciça.

Os gêmeos andavam à minha frente, com movimentos leves e flexíveis. Fiquei com a sensação de que poderiam ficar suspensos no ar, se quisessem. Pararam no meio do corredor e colocaram-se ao lado da porta da esquerda. Não disseram nada, mas eu percebi que estavam à espera de que eu me aproximasse.

Ao caminhar em sua direção, a sensação de *déjà lu* inundou-me de repente. Era mais forte do que nunca. Continuava a olhar para um para-brisa embaçado pela chuva, mas agora tinha a sensação de que conseguia ver um pouco através dele e que podia finalmente ver o que estava escondido do outro lado.

Enquanto permanecia diante da porta, o limpador de para-brisa funcionou por breves instantes. Antes de os gêmeos abrirem a porta, eu já sabia o que ia encontrar do outro lado.

Oito pessoas ocupavam todos os lugares disponíveis em torno de uma mesa comprida que se estendia a partir da porta. O comissário Milenković estava sentado à cabeceira. Os homens da agência estavam paralisados, tal como Vera, cada um empunhando uma xícara de chá suspensa no ar.

Anuí com a cabeça, e um dos gêmeos fechou a porta. Virei-me para a porta que existia no lado oposto. A primeira criança pegou o puxador, mas acenei para que se afastasse. Não era necessário abri-la. O limpador de para-brisa estava funcionando furiosamente. O veludo e a madeira tornaram-se completamente transparentes.

Aquela mesa tinha o dobro do comprimento da anterior. Apenas uma das dezesseis pessoas presentes não envergava um hábito castanho, com o capuz colocado na cabeça. Vestido de branco, o grão-mestre estava sentado à cabeceira. Os membros da ordem assemelhavam-se a monges celebrando algo no refeitório de um mosteiro.

Olhei para o irmão e para a irmã. Não tive que dizer nada. Saltitaram para junto da entrada e ficaram à minha espera.

Virei-me e avancei cheio de determinação rumo à porta de madeira que se encontrava no fim do corredor. No fim do último livro. A sensação de *déjà lu* deixou de ser uma quimera fugidia. Diante de mim erguia-se a claridade brilhante de um dia de sol. Já não necessitava de limpador de para-brisa.

Bati com suavidade.

– Entre! – respondeu uma voz que me era muito familiar.

40

Não havia motivo para permanecer no escritório do fundo do corredor por muito tempo. Já sabia de tudo antes de entrar, por isso não necessitava de qualquer explicação supérflua. A conversa foi simples e cordial, como costuma acontecer entre pessoas que se conhecem bem. Ainda melhor do que entre gêmeos idênticos. Era mais o tipo de conversa que um homem tem consigo próprio quando está de bom humor.

Quando regressei ao corredor, vi-me novamente mergulhado na escuridão, mas depois as paredes, o chão e o teto começaram a brilhar. O irmão e a irmã encontravam-se à minha espera na outra ponta, fazendo diversas mesuras e sorrindo. Devolvi o sorriso e avancei em sua direção.

Parei por alguns instantes no meio do corredor. Não tive de me virar para a esquerda e para a direita e olhar através das portas trancadas. Não havia ninguém sentado às mesas compridas. Já nem sequer existiam mesas, ou as salas onde as mesas estavam. As duas portas cobertas de veludo eram falsas. Não conduziam a lugar nenhum.

A porta do salão de chá que dava acesso ao corredor também era uma ilusão. Atravessei-a depois de um dos gêmeos tê-la aberto e de o outro ter fechado a cortina de tom vermelho-escuro. Atrás de mim via-se apenas uma parede, aquela que nunca tinha deixado de estar ali.

Encontrei Vera na mesma posição em que a tinha deixado, completamente imóvel, segurando a xícara à altura do peito. Seus olhos estavam fixos na cadeira vazia que tinha diante de si, como que olhando para alguém que estivesse sentado ali. Só o velho proprietário tinha se ausentado. Ela estava sozinha no salão de chá.

Aproximei-me e puxei a cadeira para trás. Ela regressou à vida no preciso instante em que me sentei. Então pousou a xícara no pires.

– Nunca tinha provado um chá como este – disse ela, como se prosseguisse uma conversa brevemente interrompida. – De que acha que é feito?

– Será de amora? – tentei adivinhar.

Ela abanou a cabeça.

– O sabor é parecido, mas acho que é outra coisa. – Olhou ao redor. – Onde é que está o velhinho? Posso lhe perguntar.

Eu fiz sinal com a cabeça na direção da porta que se encontrava atrás do balcão, a qual conduzia a um cômodo de acesso reservado.

– Entrou ali.

De repente uma sombra percorreu o rosto de Vera.

– Onde estão os outros? O comissário Milenković e seus homens? E os membros da ordem? Entraram pelo menos uns vinte e cinco homens.

– Já não estão mais aqui. Para eles, acabou tudo.

Ela me observou com circunspeção.

– O que quer dizer com estar tudo acabado?

– O comissário em breve vai dar o caso por encerrado, como insolúvel. Isso acontece regularmente no trabalho da polícia. Não existem crimes novos e não foi encontrada uma explicação para os anteriores. Quanto à ordem secreta, vão chegar à conclusão de que se tratou de mais uma manifestação falsa do último livro e vão continuar à espera do verdadeiro.

– Mas o último livro está aqui. Eu vi o paciente com ele na mão meia hora atrás. O que aconteceu com ele?

– Nada. Cumpriu o seu papel e reuniu todos nós no salão de chá.

– Mas por quê?

– Para o desfecho. O último livro vai permanecer apenas durante mais alguns instantes. Até terminarmos esta conversa.

– Não estou entendendo, Dejan – desabafou ela após uns instantes de silêncio.

– Eu sei. Mas esse não é o principal problema. Mesmo quando entender, vai ter muita dificuldade em aceitar.

Via nos seus olhos que uma multiplicidade de perguntas lhe assaltara a mente. Por fim, uma delas prevaleceu sobre as outras.

– O que esta conversa tem a ver com o último livro?

– Faz parte dele. Integra o seu último capítulo, o quadragésimo.

Ela franziu os olhos.

– O quê...?

– O último livro é a história de tudo o que aconteceu desde a primeira vez que entrei na Papyrus, na sexta-feira passada, até este desfecho, que está ocorrendo agora.

– Mas isso é impossível... – Fez uma pausa. – Como sabe disso? Leu o livro?

– Se tivesse lido, teria morrido como todos os outros que o abriram. Morreram porque começaram a lê-lo.

– Ninguém morre por ler um livro... – disse ela após uma ligeira hesitação.

– Infelizmente, isso é possível. Num caso muito especial. Quando as realidades se cruzam.

– Quando as realidades se cruzam?

Suspirei.

– Esta vai ser a situação mais difícil de explicar. Quando se escreve um livro, existe a realidade do escritor e a realidade do livro. Elas estão estritamente separadas. Pense nelas através da analogia de um mundo constituído por matéria e antimatéria. Já conhece isso da física, não é verdade? Não podem entrar em contato porque senão aniquilam-se uma à outra. Quando duas realidades se cruzam, a aniquilação aparece sob a forma da morte da pessoa que entra em contato com o artefato vindo do outro mundo. E não pelo contato físico. Se as pessoas apenas tivessem tocado o livro, sem o abrir, nunca teriam sofrido nada. Mas assim que começaram a lê-lo, a ler sobre si mesmas, as duas realidades ficaram irremediavelmente entrelaçadas e as pessoas acabaram por ser aniquiladas. Não permaneceu qualquer vestígio dessa aniquilação, por isso a causa da morte nunca pôde ser determinada.

Por uns instantes, Vera apenas balançou a cabeça em silêncio.

– Isso é absurdo... – proferiu ela suavemente.

– Sim, é absurdo – concordei. – Mas é a única explicação possível.

Ela ergueu a xícara mecanicamente para beber um gole de chá, mas voltou a pousá-la no pires antes de a levar à boca.

– Se o que diz é verdade, se o livro é fatal para qualquer pessoa que tente lê-lo, então isso não deveria ser válido também para você?

– Também é.

– Então como é que pode ter conhecimento do que está escrito no último livro?

Minha resposta não foi imediata. Olhamos nos olhos um do outro, com a mesa entre nós.

– Não precisei ler – respondi por fim. – Fui eu quem o escreveu.

– Você?

– Sim, eu. Mas não este Dejan que está sentado aqui na sua frente, neste momento.

– Como? Existe outro?

– Sim. O autor do último livro. De uma outra realidade. Mas o nome dele não é esse.

– Qual é o nome dele?

– É semelhante. Ele baseou o personagem principal do livro em si próprio. Somos mais do que gêmeos idênticos. Somos uma e a mesma pessoa.

– Ele também é inspetor de polícia?

– Não, é apenas escritor. Mas eu também sou escritor.

– Não sabia disso.

– Nem eu. Só soube quando cheguei em casa na noite passada e entrei no meu escritório. Por falar nisso, nossos quartos são idênticos. Até as flores que estão na jarra, sobre a mesa, são as mesmas. Vai poder constatar quando finalmente for na minha casa.

– Como é que sabe qual o aspecto do estúdio do outro escritor?

– Já estive lá.

– Já esteve... na realidade dele?

– Sim, agora mesmo. Fui enquanto você estava aqui sentada.

Ela abanou a cabeça.

– Isso não é verdade. Ficou sempre aqui, na minha frente.

– Pareceu que sim, mas isso agora não é importante. Ontem à noite liguei o computador no meu escritório e descobri um arquivo com trinta e nove capítulos do último livro.

– Então como é que não sabia que estava escrevendo esses capítulos?

– Não tinha autorização para saber. Se soubesse teria provocado o caos no último livro. Eu tinha de fazer meu papel na história. Tive apenas alguns pressentimentos. Lembra quando me referi a um sentimento de *déjà lu*?

– Sim.

– Não estava relacionado a um livro que tivesse lido há muito tempo e depois esquecido, mas sim com este que tinha escrito, ou melhor, que ambos escrevemos, na verdade. Ao mesmo tempo.

– Mas por que é que você o escreveu também?

– Porque foi a única maneira, como escritor, de poder ler o último livro em segurança. De outro jeito, o final não teria sido possível. Que tipo de romance policial seria este se o mistério não fosse revelado?

Desta vez, ela bebeu realmente um gole de chá. Ocorreu-me por breves instantes que devia impedi-la, para que não ficasse novamente paralisada, mas percebi imediatamente que isso não voltaria a acontecer. Eu já não tinha necessidade de abandonar a minha realidade.

Ela esboçou um gesto vago a seu redor depois de pousar a xícara.

– Então a nossa realidade é apenas... a ficção... de um escritor qualquer?

– Não. É tão real como a dele. A única questão é que ele interferiu na nossa nos últimos sete dias, que corresponde à duração do último livro. Esse impacto cessará dentro de poucos minutos.

– Mas por que tinha de ser um impacto deste gênero? – perguntou ela numa voz tranquila, depois de refletir um pouco.

– De que gênero?

– Por que ele decidiu escrever um romance de detetives? Não podia ter escolhido um assunto mais sério?

– Na verdade, ele escolheu. Ele não considera os romances de detetives literatura leve.

– Talvez não sejam, mas pelo menos não teriam ocorrido todas essas mortes. Seis pessoas de carne e osso, incluindo Olga, perderam a vida apenas porque ele queria mostrar que um romance de detetives pode ser literatura séria. Isso é cruel e imperdoável.

– Na literatura séria, as pessoas também morrem. Às vezes, muitas mais.

– Isso não me serve de consolo.

– Tem razão. É por isso que ele vai corrigir o destino enquanto ainda nos encontramos no último livro.

– Corrigir o destino?

– Sim. Isso não restituirá a vida aos mortos, evidentemente, mas tornará a sua vida mais agradável. E eliminará quaisquer dúvidas. Tudo o que acabei de contar parece absolutamente inacreditável, não é mesmo?

Ela concordou com a cabeça.

– Absolutamente.

– Mas acreditaria nos seus próprios olhos, certo?

Ela me olhou com ar intrigado.

Levantei-me e estendi-lhe a mão.

– Vem cá.

Eu a conduzi-a até a saída do salão de chá.

– Feche os olhos – pedi, quando chegamos à porta. – Não abra até eu mandar.

Ela olhou para mim por alguns instantes, com ar confuso, antes de fechar os olhos.

Levei-a até a rua. O brilho daquele dia claro forçou-me a apertar as pálpebras, após ter permanecido na penumbra do salão de chá.

– Pode abrir.

Ela abriu os olhos, mas voltou a fechá-los rapidamente. Depois, cautelosamente, como se fosse a primeira vez, descerrou as pálpebras pela metade. Permaneceu assim durante muito tempo, com os olhos semicerrados, até que se habituassem à luz. Por fim, abriu-os completamente.

Todas as sardas do seu rosto se curvaram lentamente num sorriso.

– Cores...

NASCI EM 25 DE MAIO DE 2012,
DAS MÁQUINAS DA PROL GRÁFICA, EM SÃO PAULO.
FUI COMPOSTO PELA OFICINA DAS LETRAS PARA A
EDITORA OCTAVO COM AS SEGUINTES CARACTERÍSTICAS:
FORMATO: 21 cm. x 14 cm.
PESO: 295 GRAMAS
NÚMERO DE PÁGINAS: 240
FONTE: BOOKMAN OLD STYLE
CORPO: 11
PAPEL: PÓLEN DE 80 GRAMAS